W0342600

Les couloirs aériens

Scénario d'Étienne Davodeau, Christophe Hermenier et Joub
Dessin d'Étienne Davodeau
Couleurs de Joub
Photographies de Christophe Hermenier

Futuropolis

Avant-propos

Les trois auteurs du livre que vous tenez entre vos mains se connaissent depuis longtemps.
Ils se sont rencontrés au milieu des années 1980, en arrivant sur les bancs de l'université, à Rennes.
Ils dessinaient sans arrêt. Ils n'avaient pas vingt ans.

Un jour, ils furent invités à l'anniversaire d'un ami qui fêtait ses cinquante ans.
Ils s'y sont rendus avec l'insolence des gens qui ont toute la vie devant eux.
Cinquante ans ? Un mec presque fini.

La fête fut telle qu'ils la gardèrent toujours en mémoire.

Le temps a passé. Ces trois-là ne se sont jamais quittés. Ils firent des livres, des images, des voyages, des rencontres, des enfants. Et c'est avec une sorte de curiosité intriguée qu'ils abordèrent à leur tour le virage de leur cinquantième année.

Cette année-là, Christophe perdit son boulot, son père et sa mère.
Il entreprit de photographier les menus objets de leur quotidien avant de mettre en vente leur logement. De ces photos il fit des pages qu'il montra à ses deux amis.
Et ces pages racontaient la vie qui passe.

D'une certaine manière, tout est parti de là.

Cinquante ans, c'est peut-être un virage un peu casse-gueule, se sont-ils dit en regardant derrière eux, mais il reste de la route et les cahots du chemin parcouru peuvent fournir la matière à un récit de fiction.

C'est ainsi que ces mecs *presque* finis ont imaginé Yvan, le personnage dont vous allez maintenant lire l'histoire.

ÇA VA ?

CETTE ANNÉE, J'AI EU CINQUANTE ANS.
PLUS JEUNE, JE ME SUIS SOUVENT DEMANDÉ CE QUE JE SERAIS À CET ÂGE-LÀ.
C'ÉTAIT COMME UNE OBSESSION.
EH BIEN VOILÀ. J'Y SUIS.

CETTE ANNÉE, J'AI PERDU MON BOULOT, MA MÈRE, MON PÈRE.
ALORS BON. JE M'EN SOUVIENDRAI, DE MES CINQUANTE ANS.
SAUF SI TU CHOPES ALZHEIMER. ÇA ARRIVE, À CET ÂGE-LÀ.
ET HEU... FLORENCE, ELLE VA BIEN ?
JE SUPPOSE.
TU ES ARRIVÉ QUAND ?
IL Y A TROIS JOURS, TU VEUX DÉJÀ ME FOUTRE DEHORS ?
HOULÀ NON. ON N'EST PAS DES MONSTRES. L'HIVER, ON GARDE LES S.D.F. AU CHAUD.
JE TE REMERCIE.
IL VA ME MANQUER, VOTRE APPARTEMENT PARISIEN. C'ÉTAIT MON PIED-À-TERRE !
J'AVAIS PAS LE CHOIX, ADRIEN.
ÇA VA TE FAIRE DU BIEN, DE PRENDRE L'AIR...
ÇA ME FAIT QUAND MÊME DRÔLE DE TE VOIR ARRIVER ICI TOUT SEUL...
ENFIN, TOUT SEUL... FAÇON DE PARLER
OUI, ÇA, C'EST MON EXCÉDENT DE BAGAGES. JE VAIS TRIER TOUT CE BAZAR...

ÉVIDEMMENT, AVOIR CINQUANTE ANS C'EST UN TRUC DONT ON PEUT SE FOUTRE. ÇA ARRIVE À PLEIN DE GENS. ET ÇA FAIT MARRER CEUX QUI SONT BIEN AU-DELÀ.
ET VU QUE D'AUTRES GENS N'Y ARRIVENT PAS, ON PEUT MÊME CONSIDÉRER QUE C'EST UNE CHANCE !
ON EST D'ACCORD, ON EST D'ACCORD...
MAIS VOILÀ...
POUR MOI, POUR TON PÈRE, POUR TOUTE LA BANDE, C'EST VRAIMENT UN TRUC PARTICULIER...
AH PUTAIN, NON, PITIÉ... PAS ENCORE VOS HISTOIRES D'ÉTUDIANTS... JE LES ENTENDS DEPUIS QUE JE SUIS TOUT PETIT...
CELLE-LÀ, TU LA CONNAIS SANS DOUTE PAS.
JE PEUX TE RACONTER ÇA, JE CROIS. C'EST LE MOMENT.

C'ÉTAIT EN 1986. ON ÉTAIT ÉTUDIANTS. ... UN JOUR, ON A ÉTÉ INVITÉS À L'ANNIVERSAIRE D'UN AMI D'AMIS, UN MEC QU'ON CONNAISSAIT À PEINE, ET QU'ON N'A D'AILLEURS JAMAIS REVU.
C'EST BON, YVAN. C'EST-LÀ-QUE-MES-PARENTS-SE-SONT-RENCONTRÉS. JE CONNAIS.
LAISSE-MOI FINIR. LE GARS FÊTAIT SES CINQUANTE ANS. IL AVAIT DU FRIC. IL VOULAIT QUE ÇA SE VOIE. IL AVAIT INVITÉ PLEIN DE GENS PLUS JEUNES QUE LUI. IL NOUS SEMBLAIT PITOYABLE.
DU HAUT DE NOS VINGT ANS, UN MEC DE CINQUANTE ANS, C'ÉTAIT UN MEC FINI. TU VOIS CE QUE JE VEUX DIRE.
EH OH. TU SAIS PAS CE QUE J'EN PENSE !
BREF. LA FÊTE FUT FASTUEUSE. ON A BEAUCOUP PICOLÉ. ON S'ÉTAIT POSÉS DANS UN SALON À L'ÉCART, ENTRE NOUS. ET VERRE APRÈS VERRE, CONNERIE APRÈS CONNERIE, ON S'EST MIS À SACCAGER MÉTHODIQUEMENT LA PIÈCE.
OH?
LES BEAUX LIVRES DE LA TABLE BASSE, LES CANAPÉS, LES PLANTES VERTES. TOUT A FINI EN LAMBEAUX.
ON S'EST TIRÉS TARD DANS LA NUIT SANS SALUER PERSONNE.
ON N'EN A PLUS JAMAIS ENTENDU PARLER...
VOILÀ UN SOUVENIR ASSEZ DRÔLE ET UN PEU HONTEUX QUI SOUDE UNE BANDE DE POTES...
HAHA! C'EST CURIEUX, MAIS...

ILS S'ÉTAIENT BIEN GARDÉS DE ME RACONTER TOUS LES DÉTAILS.
HÉHÉ HÉ!
PAR LA SUITE, AVEC TES PARENTS, AVEC TOUTE LA BANDE, EN REPENSANT À TOUT ÇA, ON S'EST RÉGULIÈREMENT DEMANDÉ CE QU'ON SERAIT À CINQUANTE ANS...
LE TEMPS A PASSÉ.
LE BIDE A POUSSÉ.
LES CHEVEUX SE SONT TIRÉS.
LES ENFANTS SONT ARRIVÉS, PUIS SE SONT TIRÉS AUSSI.
BREF. ON Y EST.
ILS VONT BIEN, TES DEUX ZOUAVES?
T'AS PAS DE NOUVELLES?
MARTIN ESSAIE DE NOUS ÉPATER SUR FACEBOOK AVEC SES PHOTOS DE L'HIVER CANADIEN.
IL OUBLIE JUSTE QUE J'AI TOUT ÇA ICI.
J'EN SAIS PAS BEAUCOUP PLUS QUE TOI. IL A L'AIR D'ALLER BIEN. QUANT À SA FRANGINE... TU VEUX DES NOUVELLES DE SA FRANGINE?
JE VEUX BIEN. ELLE EST PAS SUR FACEBOOK, ELLE.
SI SI. C'EST JUSTE QU'ELLE T'A PAS DEMANDÉ COMME AMI.
C'EST VRAI?
HAHA! NON, JE DÉCONNE. ELLE N'EST VRAIMENT PAS SUR FACEBOOK!
LOURD, L'HUMOUR DE VIEUX.
BREF. AUDE VA BIEN. ELLE BOSSE TOUJOURS DANS SON ASSO. COMME JE LIS DANS TES PENSÉES, JE RÉPONDS "NON".
"NON" QUOI?
NON, ELLE A PAS DE MEC.
LOURD. TRÈS LOURD.
JE DOIS FENDRE DU BOIS. TU ME FILES UN COUP DE MAIN?

J'AI AUTRE CHOSE À FAIRE.
TU VAS À L'ATELIER ?
QU'EST-CE QUE ÇA PEUT TE FOUTRE ?
ON SAIT TOUS QUE TU BRICOLES DES TRUCS PAS TRÈS LÉGAUX. FAIS GAFFE À TOI, ADRIEN.
C'EST VRAI...
EN FAIT, JE SUIS UN DES CADRES DE LA MAFIA NAPOLITAINE. MAIS TU LE GARDES POUR TOI, HEIN...
YVAN? TU ES LÀ-HAUT?
OUI. MONTE. TU TOMBES BIEN.

JE VIENS DE RECEVOIR UN MAIL DE MON FRANGIN...
IL M'ANNONCE QU'UN ACHETEUR S'EST MANIFESTÉ POUR L'APPARTEMENT DES PARENTS.
ÇA N'A PAS L'AIR DE TE FAIRE PLAISIR.
"DES APPARTEMENTS COMME CELUI-LÀ, DANS CETTE PETITE VILLE, J'EN AI UNE VINGTAINE SUR LES BRAS." C'EST CE QUE NOUS AVAIT DIT LE GARS DE L'AGENCE.
IL N'Y A MÊME PAS SIX MOIS QU'ILS SONT MORTS.
C'EST AU MOINS UNE BONNE NOUVELLE POUR TON FRERE QUI N'A PAS UN ROND !
BOF. LA SOMME EST RIDICULE. MAIS IL FAUT SANS DOUTE QU'ON NE RATE PAS L'OCCASION.
VOILÀ. VOUS ACCEPTEZ. PUIS VOUS PASSEZ À AUTRE CHOSE.
C'EST PAS VERSAILLES, MAIS J'Y AI PASSÉ UNE BONNE PARTIE DE MON ENFANCE...
C'EST LA VIE, MEC.
OUAIS...
C'EST LA SAISON DES MAISONS DONT IL FAUT SE SÉPARER.

EN TOUT CAS, TU AS BIEN FAIT DE NE PAS T'INSTALLER DANS LEUR APPART APRÈS AVOIR VENDU LE VÔTRE. TU AURAIS FAIT QUOI ?
C'EST SIMPLE :
... J'AURAIS APPELÉ MON VIEUX POTE THIERRY ET IL M'AURAIT PROPOSÉ DE M'HÉBERGER QUELQUES SEMAINES DANS SA MAISON DE FAMILLE INUTILISÉE.
DONC ON A GAGNÉ DU TEMPS !
ET SINON, TU AS FAIT QUOI AUJOURD'HUI ?
J'AI MARCHÉ DANS LA NEIGE.
J'AI CAUSÉ AVEC TON FILS.
J'AI FENDU DU BOIS...
... QUI NE BRÛLE PAS TRÈS BIEN. IL EST PAS SEC, TON BOIS.
BON, MOI, JE FILE. SANDRA VA M'ATTENDRE. JE PASSAIS JUSTE VOIR SI TU AVAIS BESOIN DE QUELQUE CHOSE.
OUI. DE PERSPECTIVES D'AVENIR.
D'UN JOB.
ET DE SAVOIR SI MA FEMME M'AIME ENCORE.
J'AI PAS ÇA EN MAGASIN.
JE REPASSERAI DEMAIN POUR VOIR SI TU NE T'ES PAS SUICIDÉ.
BONJOUR, FRANGIN.

CET AGENT IMMOBILIER EST UN CONNARD INCOMPÉTENT.
OU ALORS L'APPARTEMENT DE NOS PAUVRES PARENTS RECÈLE UN CHARME QUI NOUS AVAIT ÉCHAPPÉ.
QUOI QU'IL EN SOIT, L'ARRIVÉE DE CET ÉVENTUEL ACHETEUR EST UNE SURPRISE.
J'IMAGINE LE FANTÔME DU VIEUX, LÀ-BAS, TAPI DERRIÈRE LA PORTE D'ENTRÉE.
JE SUIS TOUJOURS CHEZ THIERRY ET SANDRA, DANS LE JURA.
TIENS-MOI AU COURANT.
BISES.
YVAN

~~pas désagréable~~, ce
silence. Ça me
change d'avant : le
boulot, la ville
PRESQUE ANGOISSANT —
Je vais bien me faire chier
ici. Je n'aime pas trop être
seul. ~~Il faut que~~
j'ai l'impression d'être oublié
de tous

Je suis us
rouillé.
Mon corps devie
un problème
un truc encombra
Il va falloir que j
me mette au
sport
Je vais devoir
admettre que
je

C'EST ENCOMBRANT, TES CARTONS, HEIN ...
TE PLAINS PAS. JE T'AI ÉPARGNÉ LA LITERIE ET L'ÉLECTROMÉNAGER. LÀ, IL N'Y A QUE MES AFFAIRES ET CELLES DES ENFANTS.
À PROPOS D'ENFANT, À L'ATELIER, AUJOURD'HUI, ADRIEN M'A DIT QUE TU LUI AVAIS RACONTÉ LA FAMEUSE SOIRÉE DU SACCAGE...
J'ESPÈRE QUE TU NE LUI AS PAS RACONTÉ L'ÉPISODE AVEC CETTE VALÉRIE.
J'AI MA PUDEUR, THIERRY.
PARCE QUE, BON, TU AS POTENTIELLEMENT BOUSILLÉ L'EXISTENCE D'UNE JEUNE FEMME !
ÇA FAIT TRENTE ANS... MA CULPABILITÉ A BIEN CICATRISÉ. LAISSE TOMBER.

TU VAS TROUVER ÇA IDIOT, MAIS JE CROIS QUE PARMI LES CHOSES QUI VONT ME FAIRE DU BIEN ICI, IL Y A...
LE VIN JAUNE !
OUI, IL EST PAS MAL ...
MAIS JE PENSAIS PAS À ÇA.
CE QUI VA SANS DOUTE ME FAIRE DU BIEN ICI, C'EST CETTE ÉPAISSE COUCHE DE NEIGE QUI RECOUVRE TOUT...
JE LA VOIS COMME UN VOILE BLANC SUR LE MONDE RÉEL ET SES EMMERDEMENTS.
EN TANT QU'AUTOCHTONE, JE PEUX TE DIRE QUE CE JOLI VOILE BLANC, IL FAIT PARTIE DES EMMERDEMENTS.
OUI, BON, ÉVIDEMMENT...
?
BONJOUR ...

TU VAS ÊTRE TRANQUILLE ICI.
ÇA SE PASSE BIEN ?

TRÈS BIEN.
ET TOI ? ÇA VA, LÀ-BAS ?
ON BOSSE BEAUCOUP. MAIS C'EST INTÉRESSANT.
IL EST QUELLE HEURE, POUR TOI ?
7 HEURES. JE PRENDS MON PETIT DÉJEUNER.
DES NOUVELLES DES ENFANTS ?
PAS DE NOUVELLES, BONNES NOUVELLES.
HIER, AUDE M'A ENVOYÉ UN MAIL. TOUJOURS DES SOUCIS AVEC SA PROPRIO. MAIS ÇA VA.
MARTIN, JE L'AI EU SUR SKYPE L'AUTRE JOUR...
MAIS BON. TORONTO-TAIPEI, C'EST TREIZE HEURES DE DÉCALAGE. ÇA AIDE PAS.
TU T'ENNUIES PAS TROP, TOI ?
NON, NON.
J'AI COMMENCÉ À TRIER LES CAISSES...
TIENS, REGARDE. J'AI RETROUVÉ ÇA !
JE VOIS PAS BIEN. C'EST QUOI ?
MA BOÎTE D'AQUARELLE.
AH ! TRÈS BIEN. TU VAS T'Y REMETTRE ?
JE SAIS PAS. ÇA FAIT TELLEMENT LONGTEMPS...
TU AS DU TEMPS, LÀ...
JE FILE À MA RÉUNION DU MATIN. IL EST MINUIT, POUR TOI. TU DEVRAIS ALLER TE COUCHER...
JE TROUVE PAS LE SOMMEIL DANS CETTE BARAQUE TROP GRANDE...
ET PUIS, SURTOUT, JE DÉTESTE DORMIR SANS TES SEINS DANS MES MAINS !

JUSTE MES SEINS ? MERCI BIEN !
BONJOUR
BONJOUR.
VOUS ÊTES QUI ?

PARDON ?
JE VOUS CONNAIS PAS. JE DEMANDE. Y A PAS D'OFFENSE.
JE VOUS AI VU. VOUS SORTEZ DE LA VIEILLE MAISON DE THIERRY.
J'AVOUE.
THIERRY EST UN VIEIL AMI. IL M'HÉBERGE TEMPORAIREMENT. MAIS, VOUS SAVEZ, JE VIENS ICI DEPUIS NOS VINGT ANS...
L'ANNÉE DE NOS TRENTE ANS, ON A PASSÉ QUELQUES JOURS AVEC DES COPAINS DANS LA MAISON BLANCHE, LÀ-BAS, À LA SORTIE DU VILLAGE...
PUIS ON EST REVENUS RÉGULIÈREMENT AVEC FEMME ET ENFANTS. AU FIL DES ANS, ON ÉTAIT DE PLUS EN PLUS NOMBREUX...
CERTAINES ANNÉES, ÇA FAISAIT UNE SACRÉE COLONIE DE VACANCES !
ET ILS VOUS ONT TOUS ABANDONNÉ, CETTE ANNÉE ?
BONNE JOURNÉE, MONSIEUR.

CETTE NUIT, IL M'EST ARRIVÉ UN TRUC UN PEU TROUBLANT.

J'ARRIVAIS PAS À DORMIR. AU BOUT D'UN MOMENT, J'AI PRIS MON PORTABLE. ET LÀ, DANS MES CONTACTS...
...JE SUIS TOMBÉ SUR LE NUMÉRO DE MON PÈRE.
TU LES SUPPRIMES, TOI, LES CONTACTS DE TES MORTS ?
MOI, JE FAIS COMME TOI : J'HÉSITE.
VOILÀ, J'HÉSITAIS. MAIS SANS LE VOULOIR, J'AI LANCÉ UN APPEL. ÉVIDEMMENT, J'AI RACCROCHÉ DANS LA SECONDE.
JE SAIS PAS À QUELLE HEURE JE ME SUIS ENDORMI.
MAIS AU RÉVEIL, J'AVAIS UN MESSAGE DE SON NUMÉRO, QUI ME DEMANDAIT :
"C'EST QUI ?"
TU CROIS AUX FANTÔMES, YVAN ?
DES FANTÔMES, J'EN AI PLEIN CES CAISSES...
TIENS, ÇA, PAR EXEMPLE.
SANDRA, AU NOM DE NOTRE VIEILLE AMITIÉ, ACCEPTERAS-TU CETTE MAGNIFIQUE SOUPIÈRE QUE MA PAUVRE MAMAN ÉPLORÉE M'A OFFERTE LE JOUR DE MON MARIAGE AVEC FLORENCE ?
NON.
J'INSISTE.
NON.
AAAALLEZ, QUOI !
NON.
QU'EST-CE QUE TU VAS FAIRE DE TOUT ÇA ?
JE SAIS PAS.

ET C'EST LA RÉPONSE QUE JE FAIS À TOUTES LES QUESTIONS QUI SE POSENT À MOI EN CE MOMENT.
THIERRY M'AVAIT PRÉVENUE, MAIS C'EST VRAI QUE TU ES UN PEU CHIANT EN CE MOMENT.
TIENS, TU VOIS L'AVION QUI DESCEND, LÀ-BAS ?
OUI. ET ?
JE SAIS PAS, JE LES REGARDE PASSER DEPUIS QUE JE SUIS ICI...
PUTAIN, C'EST COMME S'ILS ÉTAIENT SUR DES RAILS. PAS UN ÉCART. J'AIMERAIS BIEN UN LOOPING, OU UN TRUC COMME ÇA !
QUELQUE CHOSE D'IMPRÉVU, QUOI... T'AS JAMAIS ENVIE D'IMPRÉVU, SANDRA ?
...PAS LE TEMPS. MES JOURNÉES À MOI SONT PLEINES DE TRUCS PRÉVUS.
ALORS ON VA LAISSER TRANQUILLES CES PAUVRES PASSAGERS QUI N'ONT RIEN DEMANDÉ.
MERCI POUR LE THÉ.
UN BRUIT TERRIBLE. LA MAISON A TREMBLÉ.

TOUT SEMBLAIT NORMAL À L'INTÉRIEUR.
DEHORS AUSSI.
JE ME SUIS RECOUCHÉ.
MES LUNETTES ÉTAIENT RESTÉES EN BAS.
C'EST CE MATIN, QUE J'AI COMPRIS.

UN TOIT QUI SE DÉBARRASSE DE SA NEIGE...
C'EST UN PEU MOINS GRAVE QU'UN CRASH DE BOEING DANS LES SAPINS...
... MAIS ÇA OCCUPE UN PEU QUAND MÊME.
J'AVAIS DÉCIDÉ DE DESCENDRE À SAINT-LAURENT POUR ACHETER DES RAQUETTES.
ET QUAND LA VENDEUSE M'A DEMANDÉ :
VOUS ÊTES EN VACANCES DANS LE COIN ?

... J'AI UN PEU PERDU MES MOYENS.
EN VACANCES ? JE SUIS PAS EN VACANCES !
MAIS ALORS QU'EST-CE QUE JE FOUS LÀ ?
J'AI PAS SU QUOI RÉPONDRE.
J'AI BAFOUILLÉ QUELQUE CHOSE DONT JE ME SOUVIENS À PEINE.
UN TRUC DU GENRE...
"J'AI CHANGÉ D'AVIS. J'AI PAS BESOIN DE RAQUETTES. J'AI LES PIEDS LARGES. JE M'ENFONCE PAS DANS LA NEIGE."
TU IMAGINES LA RÉACTION DE LA FILLE.
J'AI BATTU EN RETRAITE, C'ÉTAIT PITEUX.
JE LUI AI DEMANDÉ OÙ JE POUVAIS ACHETER UNE BROUETTE.
SON RIRE A RÉSONNÉ DANS TOUTE LA RUE.
ET DONC ?
QUOI ?
SI T'ES PAS EN VACANCES, QU'EST-CE QUE TU FOUS ICI ?
BON, TU M'AIDES ?
VOILÀ, VOILÀ.
VAS-Y, POUSSE.
TIENS ?
C'EST QUOI, ÇA ?

QUOI ?
ÇA.
AH MERDE.
C'EST LA VOITURE DE MES PARENTS...
IL NE S'EN SÉPARAIT JAMAIS. DANS LE PETIT COMMERCE, IL FAUT TOUJOURS BIEN PRÉSENTER. IL SE COIFFAIT CENT FOIS PAR JOUR.
ET ÇA, C'EST LA BROSSE À CHEVEUX DE MON PÈRE.
PUTAIN... C'EST PATHÉTIQUE...
QU'EST-CE QUI EST PATHÉTIQUE, YVAN ?
TU AS SÛREMENT DES CHOSES À FAIRE. TU PEUX Y ALLER.
HEU... OK... À PLUS TARD...
SALUT, AUDE.

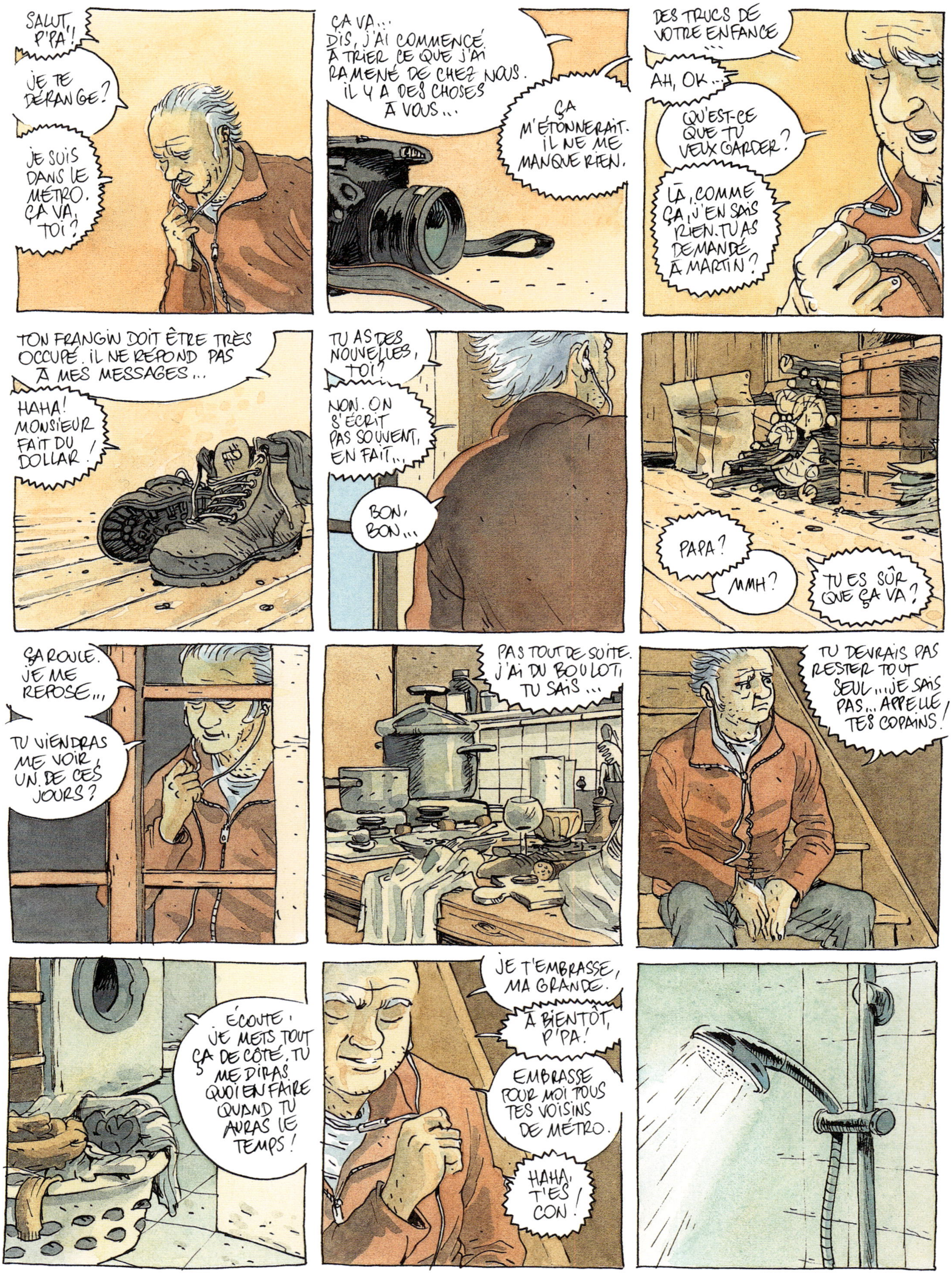
SALUT, P'PA !
JE TE DÉRANGE ?
JE SUIS DANS LE MÉTRO. ÇA VA, TOI ?
ÇA VA... DIS, J'AI COMMENCÉ À TRIER CE QUE J'AI RAMENÉ DE CHEZ NOUS. IL Y A DES CHOSES À VOUS...
ÇA M'ÉTONNERAIT. IL NE ME MANQUE RIEN.
DES TRUCS DE VOTRE ENFANCE...
AH, OK...
QU'EST-CE QUE TU VEUX GARDER ?
LÀ, COMME ÇA, J'EN SAIS RIEN. TU AS DEMANDÉ À MARTIN ?
TON FRANGIN DOIT ÊTRE TRÈS OCCUPÉ. IL NE RÉPOND PAS À MES MESSAGES...
HAHA ! MONSIEUR FAIT DU DOLLAR !
TU AS DES NOUVELLES, TOI ?
NON. ON S'ÉCRIT PAS SOUVENT, EN FAIT...
BON, BON...
PAPA ?
MMH ?
TU ES SÛR QUE ÇA VA ?
ÇA ROULE. JE ME REPOSE...
TU VIENDRAS ME VOIR UN DE CES JOURS ?
PAS TOUT DE SUITE. J'AI DU BOULOT, TU SAIS...
TU DEVRAIS PAS RESTER TOUT SEUL... JE SAIS PAS... APPELLE TES COPAINS !
ÉCOUTE, JE METS TOUT ÇA DE CÔTÉ. TU ME DIRAS QUOI EN FAIRE QUAND TU AURAS LE TEMPS !
JE T'EMBRASSE, MA GRANDE.
À BIENTÔT, P'PA !
EMBRASSE POUR MOI TOUS TES VOISINS DE MÉTRO.
HAHA, T'ES CON !

SALUT, FRANGIN. C'EST NICO. CE PETIT MESSAGE POUR TE DIRE QUE...
... ÇA Y EST, L'APPART DES PARENTS EST VIDE. ET LE CAMION EST PLEIN. JE TE FAIS LIVRER TOUT ÇA CHEZ TON POTE. FAIS DE LA PLACE.
ALLÔ, NICO ? C'EST YVAN !
T'AS EU MON MESSAGE ?
LE CAMION, C'EST UNE BLAGUE, HEIN ?
EH NON. J'AI NI LA PLACE NI LE TEMPS POUR ÇA. TOI, TU AS LES DEUX.
MAIS JE VEUX P...
D'AILLEURS, FAIRE LE TRI, T'ES LÀ-BAS POUR ÇA, NON ?
TU FAIS CHIER, NICO !
TOI AUSSI, TU FAIS CHIER. TU AURAIS PU VENIR M'AIDER
À : CHRISTOPHE, JOUB, ÉTIENNE, JEAN-LUC, FRED, OLIVIER, THIERRY.

OBJET: DANS LA POUDREUSE
SALUT À TOUS,
ICI LE JURA, SON AIR PUR, SON CIEL BLEU, SES FORÊTS PROFONDES, SES BÂTISSES ACCUEILLANTES.
ÇA FAIT LONGTEMPS QU'ON NE S'Y EST PAS RETROUVÉS.
SI JE NE ME TROMPE PAS, OLIVIER, LA DERNIÈRE FOIS, C'EST QUAND TU AVAIS IMAGINÉ CETTE FONDUE AUX HUÎTRES. UN CRUEL COUP D'ARRÊT À TA CARRIÈRE DE CUISINIER.
BREF. QUE FAITES-VOUS LE WEEK-END DU 22? RIEN? ÇA TOMBE BIEN. JE VOUS INVITE.
VOUS SEREZ CORRECTEMENT HÉBERGÉS (THIERRY A REFAIT LA SALLE DE BAINS, LES CHIOTTES NE REFOULENT PLUS), HONORABLEMENT NOURRIS ET AMPLEMENT ABREUVÉS.

J'ATTENDS DE VOS NOUVELLES.

BISES.

YVAN LE TRAPPEUR

PUTAIN, C'EST LOIN, CHEZ VOUS !
ET ÇA GLISSE !
ON MET ÇA OÙ ?
LÀ-HAUT. SUIVEZ-MOI.
AH D'ACCORD...
ON VA FAIRE UN TAS ICI.
ENCORE UN ALLER-RETOUR ET C'EST FINI...
PAS TROP TÔT !
VOTRE FRANGIN A DIT QUE, POUR LA FACTURE, C'ÉTAIT VOUS. TENEZ.
EN ROUTE !
AH ? UN NOUVEAU TAS ?
EH OUAIS...
À GAUCHE, LES AFFAIRES DE MES PARENTS...
AU CENTRE, LES NÔTRES.
À DROITE, CELLES DES ENFANTS.
FRAGILE
EMBALLÉE, FERMÉE, RANGÉE... MA VIE.

DE : CHRISTOPHE
RE : DANS LA POUDREUSE
SALUT À TOUS. BONNE IDÉE, CETTE INVITATION. MAIS J'AI PLEIN DE BOULOT. JE VOUS DIS VITE. BISES.
DE : FRED
RE : DANS LA POUDREUSE
OUAIS IL EST MARRANT, LUI. MOI, JE BOSSE TOUT LE WEEK-END. TU T'ENNUIES SANS NOUS, HEIN ? BISES !
DE : ÉTIENNE
RE : DANS LA POUDREUSE
SALUT LES POTEAUX. MOI, J'IRAIS BIEN, MAIS FAIRE LA ROUTE SEUL M'EMMERDE. BISES !
DE : OLIVIER
RE : DANS LA POUDREUSE
750 BORNES POUR ALLER PATAUGER DANS LA NEIGE SALE, BRAVO LE BILAN CARBONE. JE REGARDE ÇA AVEC MADAME. A+.

... ASSURER LEUR MAINTIEN EN LIGUE 1. ET MAINTENANT LA MÉTÉO AVEC ÉLODIE CLAMET :
LE MAUVAIS TEMPS REVIENT SUR L'EST DE LA FRANCE. AU-DESSUS DE HUIT CENTS MÈTRES, LA NEIGE REMPLACERA LA PLUIE DÈS DEMAIN...

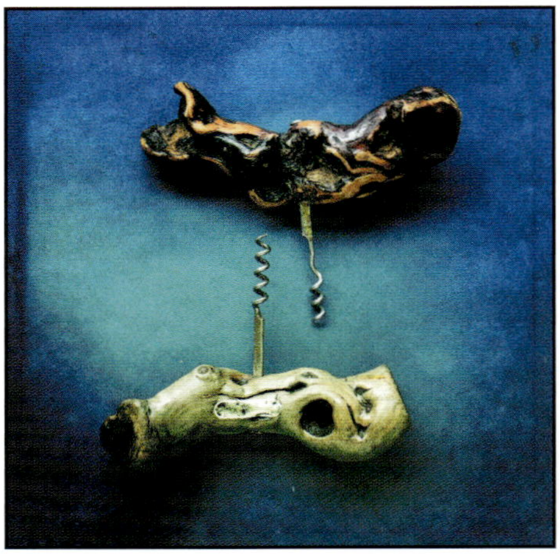

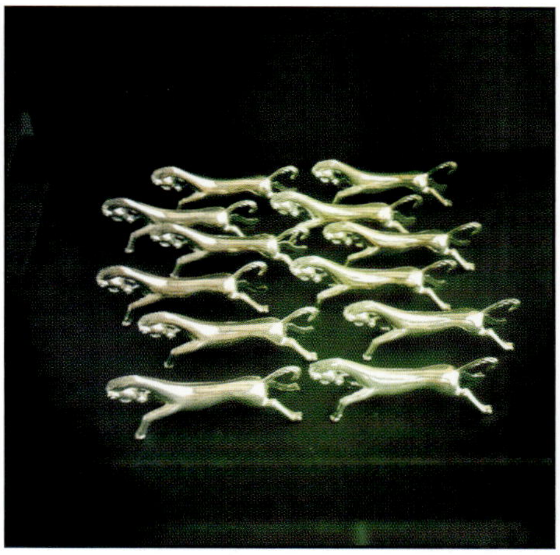

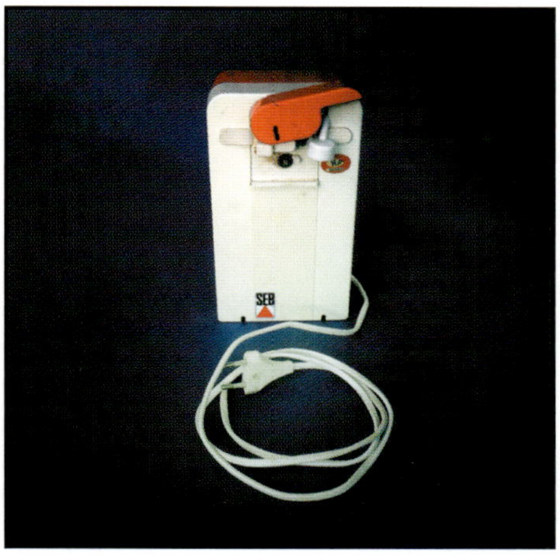
SEB

RE: DANS LA POUDREUSE
TRAÎNEZ PAS, LES GARS. J'AI OUVERT LA PREMIÈRE BOUTEILLE.
P.-S. PENSEZ AUX CHAÎNES POUR VOS BAGNOLES. QUAND JE DIS "DANS LA POUDREUSE", JE RIGOLE P...

L'ÉLECTRICITÉ EST TOUJOURS COUPÉE ?
TOUJOURS.
T'AS PAS REÇU TES MAILS ALORS ?
TON SENS DE LA DÉDUCTION M'A TOUJOURS ÉPATÉ.
NOUS, EN BAS, ON N'A PAS EU DE COUPURE. BON, TU T'EN DOUTES.
PERSONNE NE SE RISQUE À MONTER CE WEEK-END.
CE MATIN, J'EN AI UN PETIT PEU MARRE, DE TON JURA, THIERRY.
BON, ALLEZ, ZOU ! JE T'EMMÈNE BOIRE UN COUP EN VILLE.
BOF.
DISCUTE PAS COMME ÇA TOUT LE TEMPS.
JE ME DEMANDE CE QUI EST PRÉFÉRABLE QUAND TU INVITES DES AMIS CHEZ TOI...
QU'ILS SACCAGENT TOUT APRÈS AVOIR TROP PICOLÉ OU QU'ILS NE VIENNENT SIMPLEMENT PAS.
VU QU'EN CE MOMENT TON "CHEZ-MOI" C'EST CHEZ MOI, JE PRÉFÈRE LA SECONDE HYPOTHÈSE !
DRÔLE DE MONDE QUAND MÊME.
PLUS D'ÉLECTRICITÉ.
PLUS DE WIFI.
PLUS D'AMIS.

ARRÊTE DE FAIRE LA GUEULE. ILS NE POUVAIENT PAS VENIR. TU VOIS BIEN L'ÉTAT DES ROUTES.
BAR
MOI, QUAND L'UN DE VOUS N'ALLAIT PAS BIEN, JE ME DÉPLAÇAIS.
ESSAIE DE RELATIVISER. JE SAIS BIEN QUE TU AS PERDU TON BOULOT ET TES PARENTS, MAIS...
ET MA FEMME.
QUOI, TA FEMME? EXAGÈRE PAS. FLORENCE BOSSE À TAÏWAN. ÇA NE FAVORISE PAS LES CÂLINS, MAIS VOUS N'EN ÊTES PAS AU DIVORCE!
JE SAIS PAS.
EH BIEN, SECOUE-TOI, MON GROS, SI TU VEUX LA GARDER!
REGARDE-TOI: UN MÂLE BLANC OCCIDENTAL ADULTE AVEC UNE FAMILLE ET DES AMIS.
À L'ÉCHELLE DE LA POPULATION MONDIALE, TU N'ES PAS L'ÊTRE HUMAIN LE PLUS À PLAINDRE...
ET TU AS MÊME DU TEMPS LIBRE POUR TE CHANGER LES IDÉES!
VOILÀ MON PROBLÈME: SE CHANGER LES IDÉES.
C'EST QUOI, LE CONCEPT? C'EST QUOI, CE QU'ON EST CENSÉ OUBLIER?
EN CE BAS-MONDE, LE TEMPS LIBRE, C'EST UNE DENRÉE RARE.
SI TU SAIS PAS APPRÉCIER ÇA, C'EST DU GASPILLAGE.
PEUT-ÊTRE...
L'AVANTAGE D'UN BOULOT SALARIÉ, C'EST QUE ÇA T'OCCUPE TOUS LES JOURS. À MON ÂGE, JE SAIS PAS SI J'EN TROUVERAI UN AUTRE...
LA FAMILLE, ÇA OCCUPE PAS MAL AUSSI. MAIS LÀ, JE N'AI PLUS LA NÉCESSITÉ D'ALLER VOIR MES PARENTS POUR LEUR FAIRE CROIRE QUE TOUT VA BIEN.
MES ENFANTS SONT PARTIS VIVRE LEUR VIE.
LEUR MÈRE EST LOIN.
QUANT À MES POTES, ILS NE VIENNENT PAS QUAND JE LES INVITE.
ALORS C'EST SÛR...
...L'ÉTAT DES ROUTES, IL EST PAS BRILLANT.

JE POURRAIS EN PROFITER POUR FAIRE DES GRASSES MATINÉES. MAIS À CINQUANTE ANS, ON SE LÈVE POUR PISSER. C'EST POUR ÇA QU'IL Y A TANT D'IVROGNES : BOIRE AIDE À S'ENDORMIR ET OBLIGE À SE LEVER LE MATIN !
TU ME FATIGUES, YVAN. SANS DÉCONNER, TU ME FATIGUES.
AVOUE QUE DANS LA VIE ON SE FAIT CHIER 90 % DU TEMPS POUR 10 % DE PLAISIR...
ET LÀ, EN BUVANT UN COUP AVEC MOI, TU ES OÙ ? FAIS GAFFE À TA RÉPONSE !
BOIRE UN COUP AVEC TOI EST TOUJOURS UN PLAISIR !
ET JE NE TE REMERCIERAI JAMAIS ASSEZ POUR TOUT CE QUE TU FAIS POUR MOI. MAIS ON N'EST PAS PAREILS. TU AS SANDRA, TA BOÎTE. TU ES ENCORE UTILE... THIERRY, TU ES MON AMI... ON SE DIT TOUT, HEIN ?
HEY... BIEN SÛR QU'ON SE DIT TOUT...
ALORS SOIS FRANC. AVOUE QUE DERRIÈRE LA FAÇADE, L'AGRÉABLE NE MONTE PAS AU-DELÀ DE 10 % !
BIEN SÛR QUE SI. LA VIE, GLOBALEMENT, C'EST 50/50.
HEIN ? T'ES PAS SÉRIEUX ?
OU TU ES NAÏF !
ALLEZ... DISONS 60/40.
40 POUR L'AGRÉABLE OU POUR LES EMMERDEMENTS ?
POUR L'AGRÉABLE.
AU-DESSUS DE 30, JE PEUX PAS Y CROIRE !
JE DESCENDRAI PAS SOUS 35 !
TU ME FAIS PASSER DE 10 À 35.
RESPECT.
HAHA HA !
C'EST QUAND MÊME PAS BEAUCOUP.
TU SAIS QUOI ?

PLUTÔT QUE DE TOUT PÉTER CHEZ CE MEC IL Y A TRENTE ANS, ON AURAIT DÛ LE FAIRE PARLER. ON AURAIT PEUT-ÊTRE APPRIS DES TRUCS UTILES SUR CE MOMENT DE LA VIE...
HEU... TU T'ES PLUS INTÉRESSÉ À LA FILLE QU'AU PÈRE !
HAHA, OUI ! LE PLUS BEL ÉTÉ DE MA VIE !
UN STOCK DE BEAUX SOUVENIRS, C'EST SANS DOUTE PRÉCIEUX POUR CE QUI NOUS RESTE...
AH NON, MERDE ! ÇA SUFFIT !
SI TU RECOMMENCES À JOUER AU PETIT VIEUX, JE REMONTE À 45% SANS PRÉAVIS !
QUI EST UN PETIT VIEUX ?
SALUT, LES FILLES !
SALUT, THIERRY. BONJOUR... HEY ! ON S'EST DÉJÀ VUS, NON ?
HEIN ?
HEU... JE CROIS PAS...
MON AMIE JULIA. ON REVIENT DE L'AQUAGYM.
YVAN.
SI, SI. ON SE CONNAÎT...
PAS TROP NAZE ?
J'AI DES CUISSES EN BÉTON.
HÂTE DE VOIR ÇA.
JE CHERCHE.
MOI AUSSI...
HA HA ! J'Y SUIS !
LES PIEDS LARGES !
JE TRAVAILLE AU MAGASIN DE SPORT SUR LA GRAND-RUE. VOUS ÊTES VENU NE PAS ACHETER DES RAQUETTES !
HEIN ?
QUOI ?

C'EST L'HEURE DE MON RENDEZ-VOUS À LA BANQUE... TU VIENS, THIERRY ?
BOF ...
C'EST AUSSI TA BOÎTE, HEIN !
ET HEU... C'EST BIEN, L'AQUAGYM ?
ON VEND DES SLIPS DE BAIN, AU MAGASIN, SI ÇA TE TENTE.
BAR

BONJOUR !
BIEN DORMI ?
PAS MAL. ET TOI ?
TU RONFLES, SALAUD.
JE CHERCHE LE CAFÉ.
POURQUOI TU ME REGARDES COMME ÇA ?
JE ME DEMANDAIS... TU REÇOIS SOUVENT DES MECS DE CINQUANTE ANS, COMME ÇA ?
QUOI ?!
RIEN... PARDON.
QUAND ILS ME PLAISENT.
JE TE PLAIS ?
SURPRIS ?
UN PEU. TU SAIS, PLUS ON AVANCE, PLUS ON SAIT CE QU'ON VAUT. MOI, JE SUIS UN MEC MOYEN.
NI ASSEZ BRILLANT POUR ÊTRE ADMIRÉ, NI ASSEZ MÉDIOCRE POUR ÊTRE PLAINT.
SI J'AVAIS DÛ FAIRE SUPERHÉROS, J'AURAIS ÉTÉ L'HOMME INVISIBLE.
C'EST MON CAFÉ QUI TE FLINGUE LE MORAL, CE MATIN ?
NON. IL EST TRÈS BON. TOUT EST TRÈS BON CE MATIN. SIMPLEMENT, JE NE PENSAIS PAS QU'UNE SURPRISE COMME TOI POUVAIT ENCORE M'ARRIVER.
JE ME SENS JUSTE UN PEU PERDU...

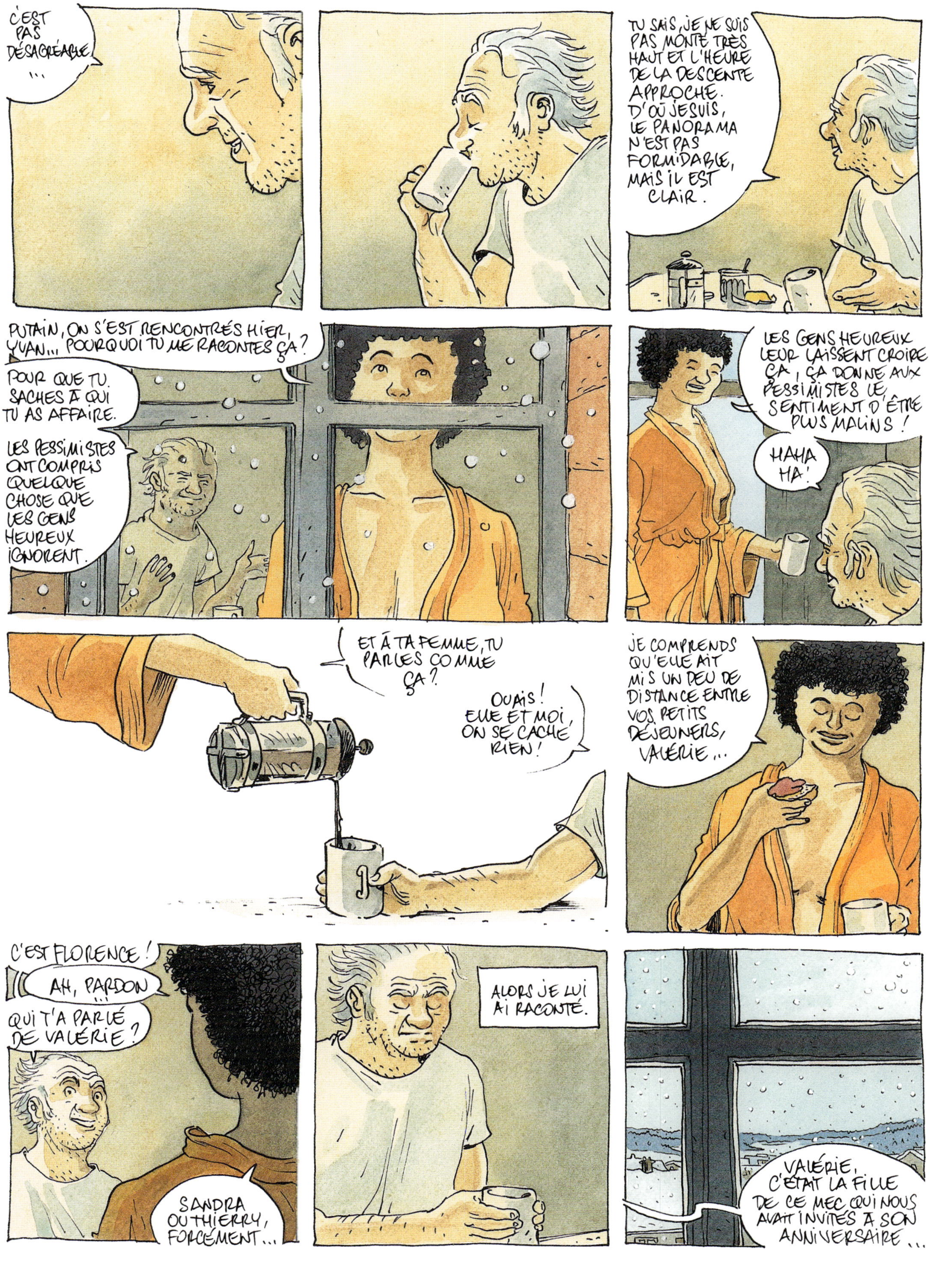
C'EST PAS DÉSAGRÉABLE ...
TU SAIS, JE NE SUIS PAS MONTÉ TRÈS HAUT ET L'HEURE DE LA DESCENTE APPROCHE. D'OÙ JE SUIS, LE PANORAMA N'EST PAS FORMIDABLE, MAIS IL EST CLAIR.
PUTAIN, ON S'EST RENCONTRÉS HIER, YVAN... POURQUOI TU ME RACONTES ÇA ?
POUR QUE TU SACHES À QUI TU AS AFFAIRE.
LES PESSIMISTES ONT COMPRIS QUELQUE CHOSE QUE LES GENS HEUREUX IGNORENT.
LES GENS HEUREUX LEUR LAISSENT CROIRE ÇA, ÇA DONNE AUX PESSIMISTES LE SENTIMENT D'ÊTRE PLUS MALINS !
HAHA HA !
ET À TA FEMME, TU PARLES COMME ÇA ?
OUAIS ! ELLE ET MOI, ON SE CACHE RIEN !
JE COMPRENDS QU'ELLE AIT MIS UN PEU DE DISTANCE ENTRE VOS PETITS DÉJEUNERS, VALÉRIE...
C'EST FLORENCE !
AH, PARDON ...
QUI T'A PARLÉ DE VALÉRIE ?
SANDRA OU THIERRY, FORCÉMENT...
ALORS JE LUI AI RACONTÉ.
VALÉRIE, C'ÉTAIT LA FILLE DE CE MEC QUI NOUS AVAIT INVITÉS À SON ANNIVERSAIRE...

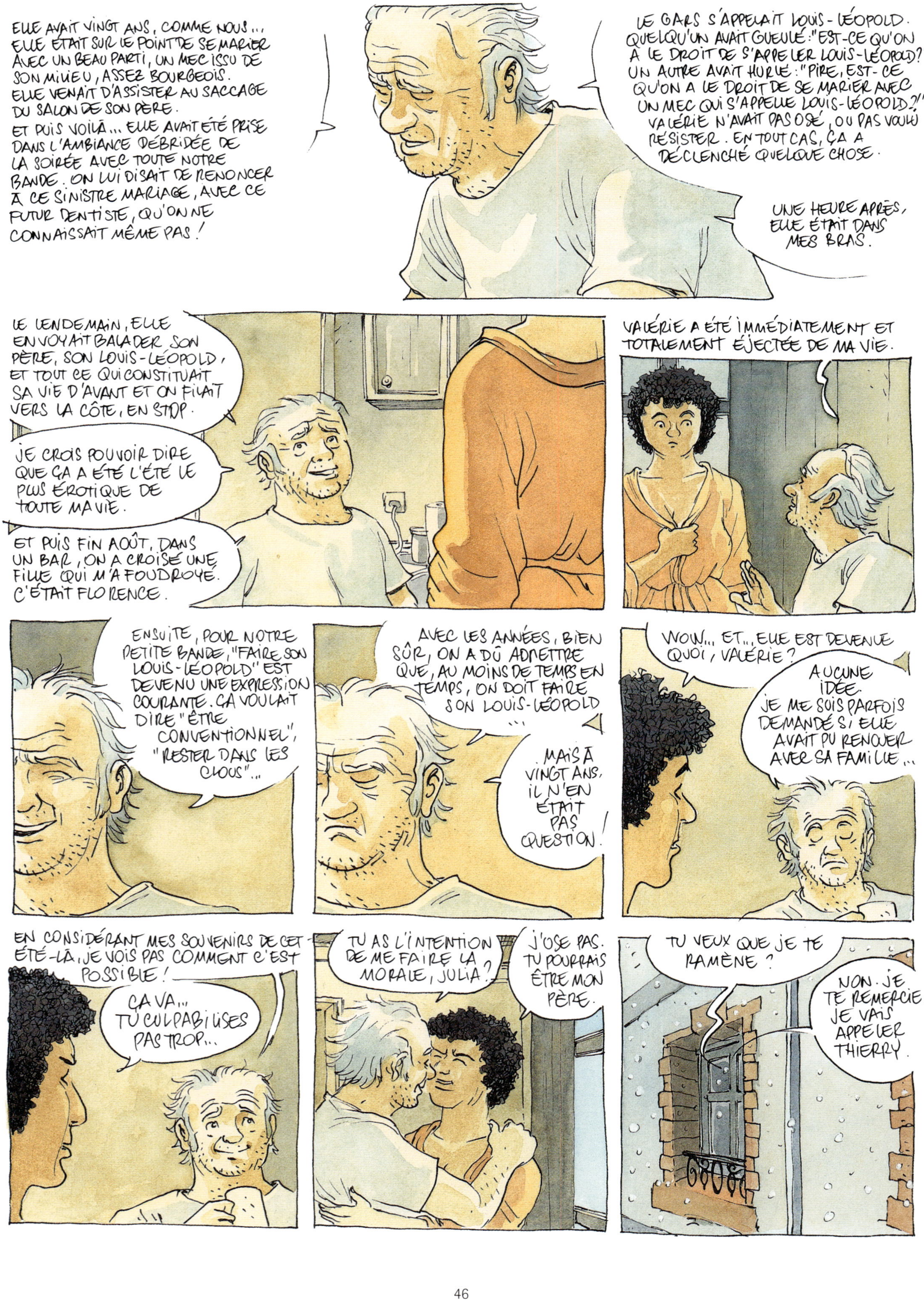
ELLE AVAIT VINGT ANS, COMME NOUS... ELLE ÉTAIT SUR LE POINT DE SE MARIER AVEC UN BEAU PARTI, UN MEC ISSU DE SON MILIEU, ASSEZ BOURGEOIS. ELLE VENAIT D'ASSISTER AU SACCAGE DU SALON DE SON PÈRE.
ET PUIS VOILÀ... ELLE AVAIT ÉTÉ PRISE DANS L'AMBIANCE DÉBRIDÉE DE LA SOIRÉE AVEC TOUTE NOTRE BANDE. ON LUI DISAIT DE RENONCER À CE SINISTRE MARIAGE, AVEC CE FUTUR DENTISTE, QU'ON NE CONNAISSAIT MÊME PAS !
LE GARS S'APPELAIT LOUIS-LÉOPOLD. QUELQU'UN AVAIT GUEULÉ : "EST-CE QU'ON A LE DROIT DE S'APPELER LOUIS-LÉOPOLD ?" UN AUTRE AVAIT HURLÉ : "PIRE, EST-CE QU'ON A LE DROIT DE SE MARIER AVEC UN MEC QUI S'APPELLE LOUIS-LÉOPOLD ?!" VALÉRIE N'AVAIT PAS OSÉ, OU PAS VOULU RÉSISTER. EN TOUT CAS, ÇA A DÉCLENCHÉ QUELQUE CHOSE.
UNE HEURE APRÈS, ELLE ÉTAIT DANS MES BRAS.
LE LENDEMAIN, ELLE ENVOYAIT BALADER SON PÈRE, SON LOUIS-LÉOPOLD, ET TOUT CE QUI CONSTITUAIT SA VIE D'AVANT ET ON FILAIT VERS LA CÔTE, EN STOP.
JE CROIS POUVOIR DIRE QUE ÇA A ÉTÉ L'ÉTÉ LE PLUS ÉROTIQUE DE TOUTE MA VIE.
ET PUIS FIN AOÛT, DANS UN BAR, ON A CROISÉ UNE FILLE QUI M'A FOUDROYÉ. C'ÉTAIT FLORENCE.
VALÉRIE A ÉTÉ IMMÉDIATEMENT ET TOTALEMENT ÉJECTÉE DE MA VIE.
ENSUITE, POUR NOTRE PETITE BANDE, "FAIRE SON LOUIS-LÉOPOLD" EST DEVENU UNE EXPRESSION COURANTE. ÇA VOULAIT DIRE "ÊTRE CONVENTIONNEL", "RESTER DANS LES CLOUS"...
AVEC LES ANNÉES, BIEN SÛR, ON A DÛ ADMETTRE QUE, AU MOINS DE TEMPS EN TEMPS, ON DOIT FAIRE SON LOUIS-LÉOPOLD...
...MAIS À VINGT ANS, IL N'EN ÉTAIT PAS QUESTION !
WOW... ET... ELLE EST DEVENUE QUOI, VALÉRIE ?
AUCUNE IDÉE. JE ME SUIS PARFOIS DEMANDÉ SI ELLE AVAIT PU RENOUER AVEC SA FAMILLE...
EN CONSIDÉRANT MES SOUVENIRS DE CET ÉTÉ-LÀ, JE VOIS PAS COMMENT C'EST POSSIBLE !
ÇA VA... TU CULPABILISES PAS TROP...
TU AS L'INTENTION DE ME FAIRE LA MORALE, JULIA ?
J'OSE PAS. TU POURRAIS ÊTRE MON PÈRE.
TU VEUX QUE JE TE RAMÈNE ?
NON. JE TE REMERCIE. JE VAIS APPELER THIERRY.

QUOI ?
RIEN ...
UNE BONNE SOIRÉE ?
PAS TROP DORMI... TIENS, REGARDE.
T'ES UN FUMIER, YVAN ! ÇA SE FAIT PAS !
J'EN AI PLUSIEURS.
HÉ ?!
MERDE MERDE MERDE NON...

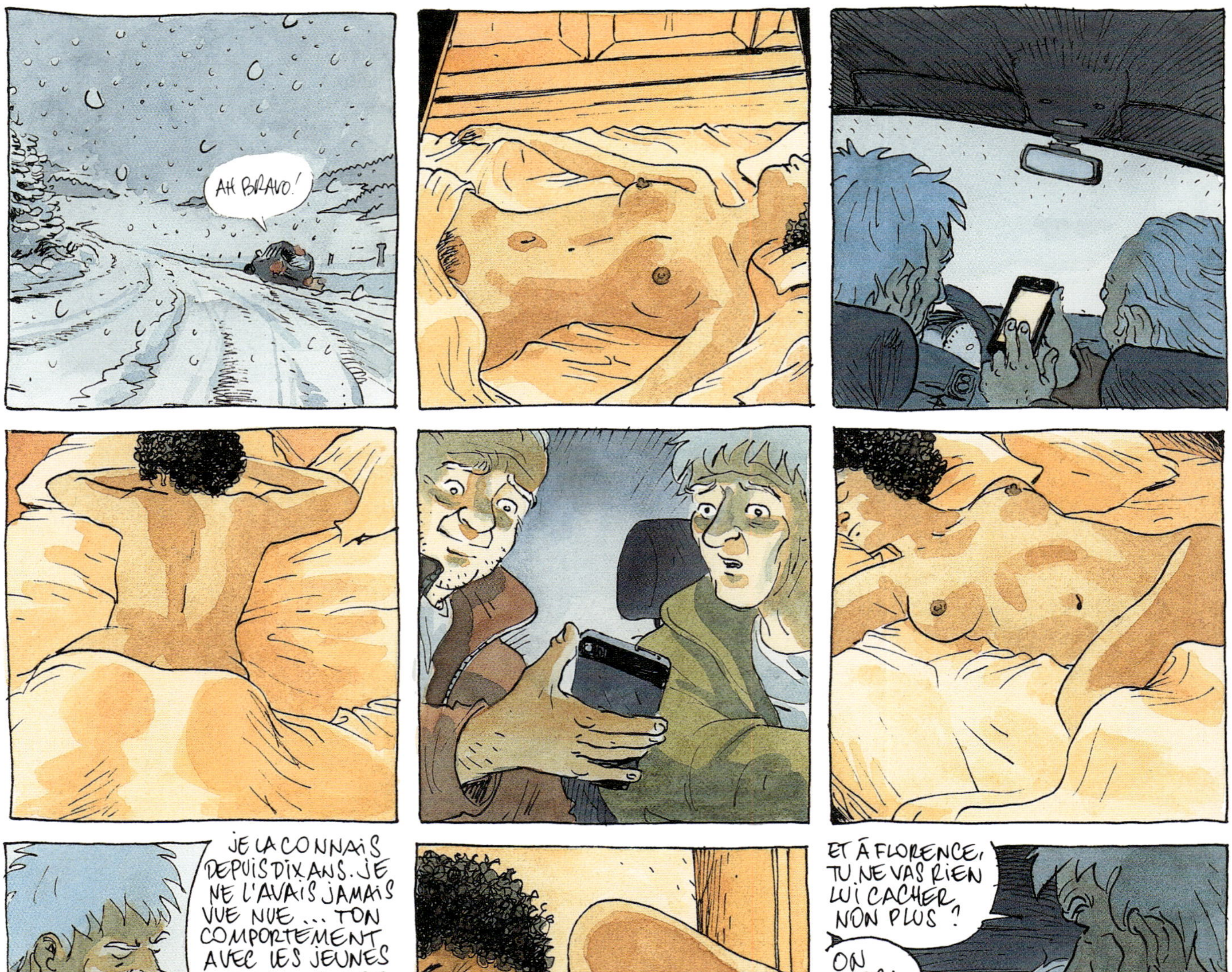
AH BRAVO !
JE LA CONNAIS DEPUIS DIX ANS. JE NE L'AVAIS JAMAIS VUE NUE... TON COMPORTEMENT AVEC LES JEUNES FEMMES EST QUAND MÊME PROBLÉMATIQUE.
AU CONTRAIRE ! JE NE LUI AI RIEN CACHÉ DE CE QUE JE SUIS !
ET À FLORENCE, TU NE VAS RIEN LUI CACHER NON PLUS ?
ON VERRA...
DONC TU NOUS OBLIGES À LUI MENTIR PAR OMISSION...
HÉ ? IL Y A QUELQU'UN LÀ-DEDANS ?
VOUS AVEZ BESOIN D'AIDE ?
MAIS FOUTEZ-NOUS LA PAIX ! ON N'A RIEN DEMANDÉ !
MÊME DANS UN FOSSÉ, ON PEUT PLUS ÊTRE TRANQUILLE ?!
HO HO HO !
HA HA HA HA HA !
CONNARDS !

BON... BAH TU VAS ALLER POUSSER MAINTENANT.
HÉ? AUDE M'ENVOIE UN S.M.S. ME DEMANDANT SI J'AI PASSÉ "UNE BONNE SOIRÉE". TU LUI AS RIEN DIT, J'ESPÈRE!
MAIS NON, CRÉTIN! TA FILLE PENSE SÛREMENT À LA SOIRÉE QUI ÉTAIT PRÉVUE AVEC TES VIEUX POTES!
AH OUI, OUF!
EH NON... PAS VENUS, À CAUSE DE LA MÉTÉO ...
MON PAUVRE PETIT PAPA, QUI EST RESTÉ TOUT SEUL DANS LA TEMPÊTE!
EH OUI... ET DANS LE NOIR, EN PLUS. LE COURANT VIENT DE REVENIR. VOILÀ LEURS MAILS, À CES LÂCHEURS ...

TU SAIS, PAPA, SI J'ÉTAIS VENUE...
OUI?
... JE NE SERAIS PAS VENUE TOUTE SEULE.
VRAI?
C'EST SUPER, ÇA, MA GRANDE!
OUI! JE SUIS HEUREUSE! ÇA FAIT DU BIEN DE RETROUVER LE CONTACT AVEC QUELQU'UN!
JE SAIS!
JE VEUX DIRE "JE COMPRENDS"...
ON VIENDRA TE VOIR BIENTÔT!
AVEC PLAISIR!
BON, J'AI LU LES RÉPONSES DE MES AMIS ...
PAR EXEMPLE, JOUB A ÉCRIT CECI:
"HORS DE QUESTION DE VENIR À CETTE FÊTE. ÇA IRAIT CONTRE CE QU'ON EN DIT DEPUIS QU'ON A VINGT ANS. PLUTÔT CREVER. BISES"
ENSUITE, J'AI PASSÉ L'APRÈS-MIDI À DÉNEIGER L'ACCÈS ET LES ABORDS DE LA MAISON.
PUIS LE CHASSE-NEIGE EST PASSÉ DANS LA RUE ET M'A BALANCÉ SUR LES POMPES TOUT CE QUE J'AVAIS DÉGAGÉ.

HIER SOIR, J'AI EU FLORENCE AU TÉLÉPHONE. ON N'A PAS EU LE TEMPS DE PARLER LONGTEMPS. ELLE EST TRÈS OCCUPÉE.
ELLE M'A JUSTE DIT QU'ELLE VENAIT BIENTÔT EN FRANCE POUR UN SÉMINAIRE.
ON EN PROFITERA PEUT-ÊTRE POUR SE VOIR.
C'EST DEVENU UN TRUC ASSEZ ÉTRANGE, NOS RAPPORTS APRÈS TOUTES CES ANNÉES.
IL Y A DE LA DISTANCE.
ET DE L'ATTACHEMENT.
CE QUI EST CURIEUX, C'EST QUE LES DEUX SEMBLENT GRANDIR EN MÊME TEMPS.

HERBES
AROMATIQUES

chauffe ~ ASSIETTES
CHROMEX
CHROMEX

CORNICHONS

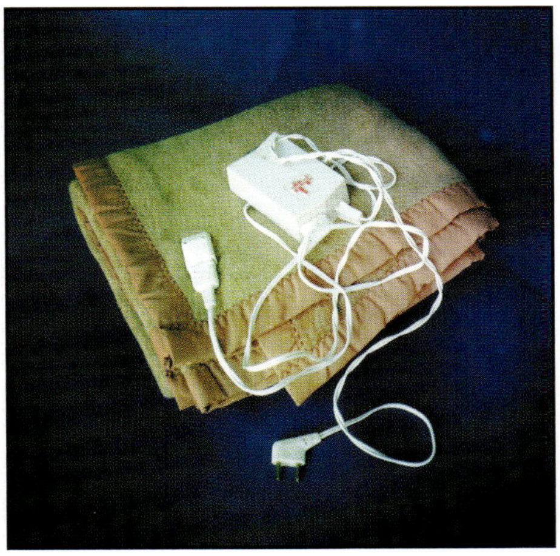

LE TEMPS DES CERISES
QUAND REVIENDRA LE TEMPS DES CERISES...

MOI, JE TROUVE QUE VOUS ÊTES UN COUPLE LIBRE, MOINS FUSIONNEL QUE MES PARENTS. PARFOIS, ILS M'EXASPÈRENT...
NE DIS PAS DE MAL DE MES AMIS, TOI !
DÉTENDS-TOI, T'ES EN VACANCES...
JE SUIS PAS EN VACANCES !
EN PRÉRETRAITE ?
TU COMPRENDS RIEN À RIEN !
HI HI HI !
QUAND ON ÉTAIT ADOS, AVEC MARTIN, ON S'ÉTAIT JURÉ DE TOUT FAIRE POUR S'EXCLURE DE CE SYSTÈME POURRI...
LA FINANCE INTERNATIONALE, C'EST SA FAÇON DE S'EXCLURE DU SYSTÈME ? BEN MERDE.
NE DIS PAS DE MAL DE MES AMIS, TOI !
QUANT À TOI, MÊME AVEC TES BRICOLES AU BLACK, TU NE T'ES PAS EXCLU DE GRAND-CHOSE !
QUOI ?
À MOINS QUE TU AIES RENONCÉ À LA SÉCU ET AUX MINIMAS SOCIAUX, BIEN SÛR...
J'Y AI DROIT AUTANT QUE TOI !
SANS COTISER ? TU PRENDS PAS TROP DE RISQUES !
JE FAIS CE QUE JE V... HÉ ?
QU'EST-CE QUE TU FOUS ? ON EST EN MARS. C'EST DANGEREUX.
TU VOIS ? TU AS VINGT ANS, TU JOUES AU VOYOU, MAIS TU ES DÉJÀ CRAINTIF !
YVAN, ARRÊTE...
HAHA HA
C'EST PAS UN RISQUE THÉORIQUE, ÇA !
C'EST SURTOUT COMPLÈTEMENT CON...
C'EST PAS FAUX. C'EST MÊME POUR ÇA QUE C'EST BEAU !
VIENS !
NON.
ALLEZ !
NON.
JE M'EN FOUS, JE BOUGE PAS. J'ATTENDS !

T'ES PÉNIBLE, TOI...
AH QUAND MÊME !
IL FAIT PAS ASSEZ FROID ...
TAIS-TOI UN PEU.
ON N'EST PAS BIEN, LÀ ?
DEMI-TOUR !
COURS PAS...
ON SE SÉPARE !

YVAN ? ÇA VA ?
LA VACHE !
IL FAUT MARCHER, MAINTENANT !
OUI, BAH DEUX MINUTES ...
T'ES VRAIMENT UN INCONSCIENT !
IL VA FALLOIR QUE TU APPRENNES À RÉSISTER AUX MAUVAISES INFLUENCES !
PUTAIN, LE FROID, ÇA FAIT SUPER MAL AUX COUILLES !
HAHAHA ! ON N'EST PAS PASSÉS LOIN !
HÉHÉHÉ ! ÇA FOUETTE LE SANG, HEIN ?
JE SUIS TROP JEUNE POUR MOURIR, MOI.
VOUS ÊTES TREMPÉS ? J'ESPÈRE QUE VOUS N'ÊTES PAS ALLÉS FAIRE LES ANDOUILLES SUR LE LAC !
BIEN SÛR QUE NON !
COMMENT PEUX-TU IMAGINER UNE CHOSE PAREILLE ?
TU VIENS DÎNER À LA MAISON CE SOIR ?
AVEC PLAISIR.

HAHAHA, ÇA VA MIEUX ! MERCI POUR LE CAFÉ, JE RENTRE ME CHANGER MOI AUSSI !
HÉHÉ, OUAIS... VA PAS CHOPER LA CRÈVE...
ADRIEN...
OUAIS ?
...TU SAIS À QUOI J'AI PENSÉ QUAND ÇA A COMMENCÉ À CRAQUER ?
NON, JE SAIS PAS... "MERDE, J'AI PAS MON MAILLOT" ? UN TRUC COMME ÇA ?
C'ÉTAIT BIZARRE... J'AI PENSÉ QUE LA SURFACE ÉTAIT FRAGILE...
BAH ÇA, JE TE L'AVAIS DIT !
NON. JE PARLE DE LA SURFACE EN GÉNÉRAL...
CELLE QUI SÉPARE LES GENS DEBOUT DES GENS COUCHÉS. J'AI PENSÉ À MES PARENTS.
AH...
HEU... JE SUPPOSE QUE C'EST NORMAL... TU ES EN DEUIL, ET...
OUI. C'EST NORMAL. ALLEZ, FILE !

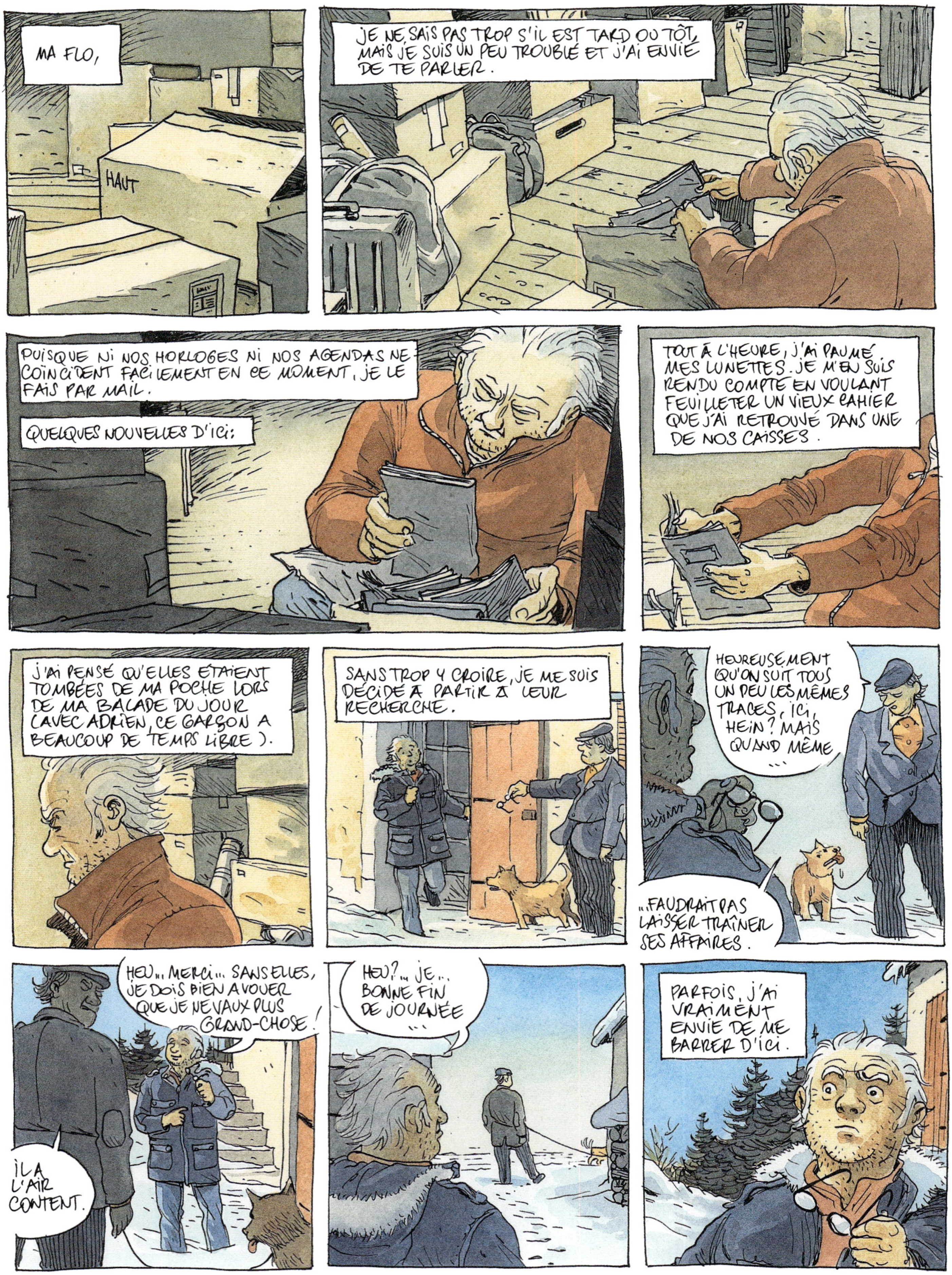
MA FLO,
JE NE SAIS PAS TROP S'IL EST TARD OU TÔT, MAIS JE SUIS UN PEU TROUBLÉ ET J'AI ENVIE DE TE PARLER.
HAUT
PUISQUE NI NOS HORLOGES NI NOS AGENDAS NE COÏNCIDENT FACILEMENT EN CE MOMENT, JE LE FAIS PAR MAIL.
QUELQUES NOUVELLES D'ICI:
TOUT À L'HEURE, J'AI PAUMÉ MES LUNETTES. JE M'EN SUIS RENDU COMPTE EN VOULANT FEUILLETER UN VIEUX CAHIER QUE J'AI RETROUVÉ DANS UNE DE NOS CAISSES.
J'AI PENSÉ QU'ELLES ÉTAIENT TOMBÉES DE MA POCHE LORS DE MA BALADE DU JOUR (AVEC ADRIEN, CE GARÇON A BEAUCOUP DE TEMPS LIBRE).
SANS TROP Y CROIRE, JE ME SUIS DÉCIDÉ À PARTIR À LEUR RECHERCHE.
HEUREUSEMENT QU'ON SUIT TOUS UN PEU LES MÊMES TRACES, ICI, HEIN? MAIS QUAND MÊME...
...FAUDRAIT PAS LAISSER TRAÎNER SES AFFAIRES.
HEU... MERCI... SANS ELLES, JE DOIS BIEN AVOUER QUE JE NE VAUX PLUS GRAND-CHOSE!
IL A L'AIR CONTENT.
HEU?... JE... BONNE FIN DE JOURNÉE...
PARFOIS, J'AI VRAIMENT ENVIE DE ME BARRER D'ICI.

LUI ?
BAH, C'EST MARCEL QUI SE BALADE...
C'EST BIEN, TU VOIS DU MONDE...
TU PARLES... SI VOUS N'ÉTIEZ PAS LÀ, LE SEUL VISAGE QUE JE CROISERAIS, CE SERAIT LE MIEN, LE MATIN, DANS LE MIROIR DE LA SALLE DE BAINS.
CE SERAIT INHUMAIN !
TU AS COMMENCÉ À CHERCHER UN JOB ?
OUAIS, JE REGARDE... LES REVUES QUI CHERCHENT UN DIRECTEUR ARTISTIQUE OU UN GRAPHISTE DE CINQUANTE ANS PASSÉS, ÇA SE BOUSCULE PAS.
FAIS COMME TON FILS !
L'AVENTURE ! L'ÉTRANGER ! FINIE LA PETITE VIE DE SALARIÉ ! FINI LE CONFORT SOCIAL ! LANCE-TOI EN SOLO !
JE VAIS PAS AVOIR BEAUCOUP LE CHOIX...
C'EST L'HEURE DE T'AVENTURER SUR UN ESPACE DANGEREUX ET DE BRISER LA GLACE, YVAN !
TU FAIS AUSSI CONSULTANT PÔLE EMPLOI AU BLACK, TOI ?
C'EST PAS UN RISQUE THÉORIQUE, ÇA !
À CETTE TABLE, IL Y AVAIT UNE PLACE POUR TOI.
TU ME MANQUES, FLO.
QUAND JE SUIS RENTRÉ "CHEZ MOI", JE N'AVAIS PAS SOMMEIL...

ALORS J'AI PASSÉ UNE PARTIE DE LA NUIT À FOUILLER MON BAZAR DU GRENIER.
LES CAISSES DE MES PARENTS, C'EST UN VOYAGE DANS LES ANNÉES SOIXANTE-DIX.
MES ANNÉES SOIXANTE-DIX.
JE SAIS CE QUE TU VAS DIRE :
ÇA SERT JUSTE À ME FAIRE DU MAL.
TU AS PEUT-ÊTRE RAISON.
Simone
MAIS, CES TEMPS-CI, ÇA ME FAIT DU BIEN DE ME FAIRE DU MAL.
J'AI RETROUVÉ LA FRONDE ET LES MARRONS DONT MON PÈRE SE SERVAIT POUR CHASSER LES CLÉBARDS QUI VENAIENT CHIER SUR LA PELOUSE DE NOTRE H.L.M.
J'ÉTAIS PETIT ET TOTALEMENT ADMIRATIF DE LA FORCE ET DE LA PRÉCISION DE SES TIRS.
JE LE VOYAIS COMME UN COW-BOY IMPITOYABLE.
PLUS TARD, J'Y AI SURTOUT VU UNE MANIE DE VIEUX RÂLEUR AIGRI.
JE SERAIS CURIEUX DE SAVOIR SI UN JOUR AUDE ET MARTIN M'ONT VU COMME UN COW-BOY.
SOUS LA FRONDE, IL Y AVAIT LES LIVRES SUR LES OVNIS QUE JE DÉVORAIS À TREIZE ANS.
À L'ÉPOQUE, JE RÊVAIS D'ÊTRE LE PREMIER HUMAIN CONTACTÉ PAR LES EXTRATERRESTRES.
LE DESTIN HÉROÏQUE PAR EXCELLENCE.

HÉ LES GARS, JE SUIS TOUJOURS LÀ !
POUR LE DESTIN, C'EST QUAND VOUS VOULEZ !
CONNARD D'AIRBUS !
EHOH ?
C'EST PAS VRAI ?!
AAAAHH...

Firefox Fichier Edit
facebook
Recherche
Yvan Josse
Creer une publicat
Exprimez-vous,
Photos/video
Bensoussaï
Julia Bensoussaï
Journal
À propos
Amis
Photos
Plus
Ajouter
JULIA?
Ile partage avec ses amis, envoyez-lui une invitation.
Julia Bensoussaï a changé sa photo de p
19 février . 23:42

PERFECTION

l'homme doit être
comme le café,
fort, bon et chaud

quinquina

n'Engueulez
pas le patron
La patronne
s'en charge

RASSURE-TOI, JE NE VAIS PAS T'INFLIGER L'INTÉGRALITÉ DE MON SÉJOUR DANS LES SAPINS. MAIS J'AVAIS BESOIN DE TE DIRE ÇA :
CETTE FRONDE DANS MA MAIN, C'ÉTAIT MA MAIN DANS CELLE DE MON PÈRE.
ÇA M'A UN PEU REMUÉ.
J'AI PAS SOMMEIL. JE VAIS MARCHER UN PEU.
JE T'EMBRASSE PARTOUT.
HÉ ! VOUS. J'AI BESOIN D'UN COUP DE MAIN.

JUSTE POUR RENTRER CETTE SALOPERIE.
BIEN SÛR.
EN PANNE, C'EST DES ENCLUMES, CES TRUCS-LÀ.
GROSSE PANNE?
AH BAH HÉ. JE SAIS PAS.
FAUT OUVRIR.
MÊME PAS CERTAIN QUE ÇA VAILLE LE COUP. ELLE EST PLUS TOUTE JEUNE.
EH OUAIS.
MAIS BON...
MA DAMEUSE VA SUR SES CINQUANTE BALAIS. ELLE A JAMAIS UN PET DE TRAVERS!
LES VERTUS DE LA VIE AU GRAND AIR...
OUAIS... FAUT AVOUER QU'ELLE BOSSE DE MOINS EN MOINS, AVEC LEUR PUTAIN DE RÉCHAUFFEMENT CLIMATIQUE.
EDMOND. SALUT.
YVAN.
PARISIEN?
ÇA M'EST ARRIVÉ.
ON BOIT UN COUP?
HEU... J'AI FAIT UN PEU DE ZÈLE HIER SOIR. ALORS UN CAFÉ, À LA LIMITE...
HAHA HA!
J'AI MIEUX QUE ÇA. ENTRE.
HOULÀ.
PAS TOUCHÉ À ÇA DEPUIS DES ANNÉES.

MA DAMEUSE À L'ARRÊT FAUTE DE NEIGE ? J'ARRIVE PAS À ME FAIRE À L'IDÉE...
ON SERA MORTS AVANT...
TANT MIEUX... PUTAIN, ÇA SENT LA FIN DU MONDE... TU Y CROIS, TOI, À CE GRAND EFFONDREMENT QU'ON NOUS ANNONCE ?
OUI, PEUT-ÊTRE... MAIS LES TRUCS AUXQUELS JE CROIS N'ARRIVENT JAMAIS, ALORS HEIN...
AH BON ?
PAR EXEMPLE, QUAND J'ÉTAIS MÔME, J'ATTENDAIS LES EXTRATERRESTRES. J'ATTENDS TOUJOURS L'INVASION, MAIS J'Y CROIS PLUS...
JE COMPRENDS. MOI, JE CHASSE PLUS, MAIS JE CONTINUE À ENTRETENIR MON FUSIL, AU CAS OÙ.
TON FUSIL DE CHASSE ? CONTRE DES EXTRATERRESTRES ? T'ES UN OPTIMISTE, TOI !
QU'ILS AIENT TRAVERSÉ L'ESPACE OU LA MÉDITERRANÉE, ILS ARRIVENT. IL FAUT ÊTRE PRÊT. PAS VRAI ?
DE QUOI TU ME PARLES ? JE SUIS NÉ EN SOMALIE ! MA FEMME EST AFGHANE !
HEIN ? TU TE FOUS DE MA GUEULE ?
PAS DU TOUT ! VA CHERCHER TON FLINGUE ! TIRE !
HAHA HAHA, HAHA !
HiHiHi HiHi !
HAHAHA HA HAHA !
HA HA HA HAHA HA
HA HA HAHA HA HA !
MOI, LES EXTRATERRESTRES, J'Y CROIS PAS.

YVAN ?
J'AI FAILLI ATTENDRE ...

ESPÈCE DE CON ! TU AURAIS PU Y RESTER !
HEIN ?
TRÈS SYMPA, LE GARS DE LA DAMEUSE !
J'Y CROIS PAS. IL S'EST ENDORMI !
TU AS FUMÉ AVEC EDMOND ?
SORS DE LÀ, ABRUTI !
ET MES MAINS ? ELLES SONT OÙ, MES MAINS ?
JE LES SENS PLUS !
TU AS DE LA CHANCE QUE TES TRACES SOIENT RESTÉES VISIBLES !
YVAN ?
OUI, SANDRA ?
TU PENSES POUVOIR MARCHER JUSQU'À LA ROUTE ?
JE SAIS PAS. JE SENS PLUS MES PIEDS NON PLUS.
ALLONS-Y !
VRAIMENT SYMPA !
TA GUEULE, YVAN.
MAIS ARRÊTE DE TE DÉBATTRE !
SORS DE LA SALLE DE BAINS, SANDRA...
QUOI ?
HEU... JE VEUX PAS QUE TU ME VOIES À POIL...
ÇA FAIT TRENTE ANS QU'ON SE CONNAÎT, YVAN. C'EST PAS MAINTENANT QUE JE VAIS ÊTRE ÉMUE PAR TA CARCASSE.
ÇA RÉCHAUFFE ?
NON.
J'AI PAS TRÈS FAIM.
ÉCOUTE-MOI BIEN, YVAN.

ON SAIT BIEN QUE TU TRAVERSES UN MOMENT COMPLIQUÉ. SI ÇA NOUS ARRIVAIT À NOUS, ON SAIT QUE TU NE NOUS LAISSERAIS PAS TOMBER.
ALORS SI ON PEUT T'AIDER EN T'ACCUEILLANT ICI QUELQUE TEMPS, ON LE FAIT AVEC PLAISIR.
ESSAIE DE PROFITER DE CE SÉJOUR POUR TE RECENTRER, TE RESSOURCER, FAIRE LE POINT OU JE SAIS PAS QUOI. APPELLE ÇA COMME TU VEUX.
NOUS, ON TE SOUTIENT. MAIS BIEN SÛR, ON SE MÊLERA PAS DE TES AFFAIRES.
SI TU DOIS FAIRE DES CONNERIES, FAIS-LES.
MAIS NOUS, ON A UNE BOÎTE À FAIRE TOURNER. ON NE PEUT PAS SANS ARRÊT SE DEMANDER OÙ TU ES, CE QUE TU ES EN TRAIN DE FAIRE ET EN PLEINE JOURNÉE, ON A UN PEU AUTRE CHOSE À FOUTRE QUE D'ALLER TE RÉCUPÉRER DANS LES CONGÈRES !
ON EST BIEN D'ACCORD ?
OUI, OUI.
C'EST TOUT CE QUE TU TROUVES À RÉPONDRE ?
J'AI PAS DORMI CETTE NUIT. J'AI RIEN MANGÉ DE LA JOURNÉE...
ÇA S'APPELLE "DES PÂTES". C'EST COMESTIBLE.
J'AI PAS...
T'AS PAS FAIM. JE SAIS.
JE CROIS QUE JE VAIS ALLER ME COUCHER.

PAR AVION
AIR MAIL

10 FRANCS

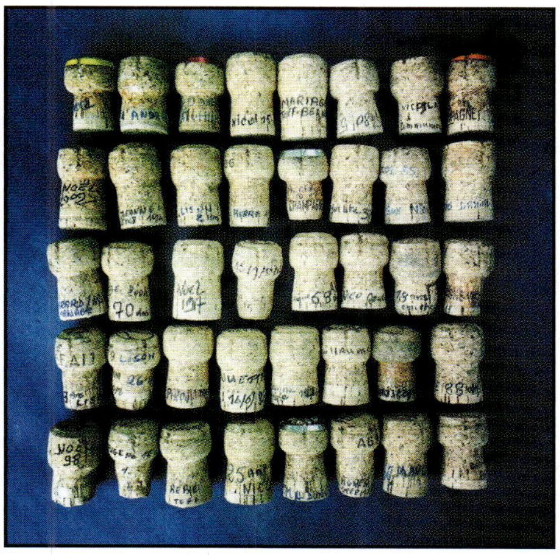

50ème
Anniversaire
LUCAS
1956 - 2006

Edit. Mayenne p. 3
AVAL HIER... Aujourd'hui... DEMA
A VIE
avalloise
Deux jeunes soldats
de RENAZE
tués en Algérie
(Voir notre information en première page)
FETE DE LA J
des ECOLES PU
DE LAVA
Examen des t
destinés
à la monte p
MARCHE
Dimanche, championnat
départemental à Landivy
ETAT CIVIL
NAISSANCES

KELTON

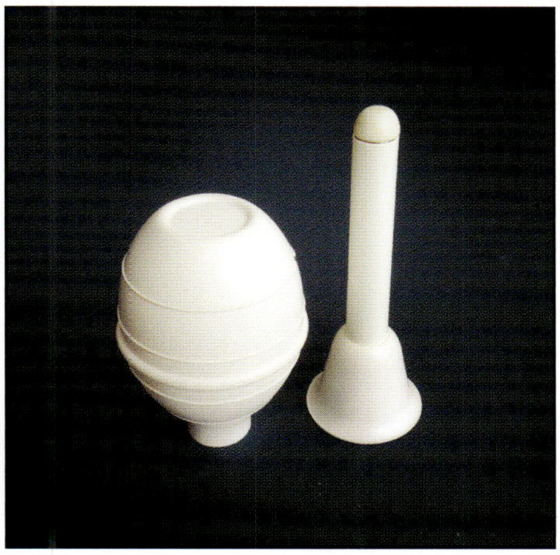

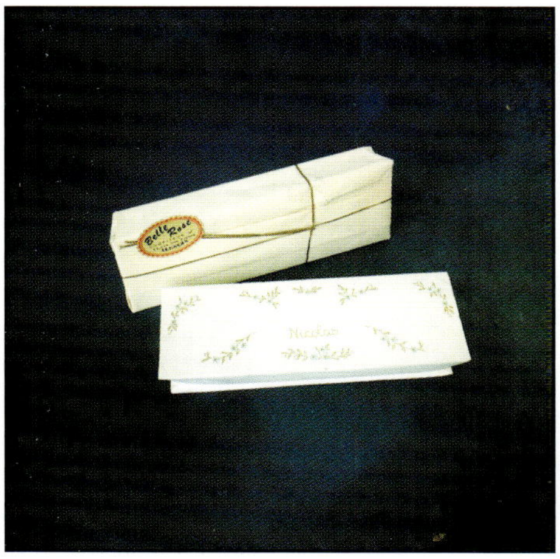

Moulinex

NICOLAS ?!
BON. TU ES TOUJOURS EN VIE, ON DIRAIT.
QUOI ?
TU M'AS FAIT PANIQUER, THIERRY...
JE T'AI APPELÉ PARCE QU'HIER ON A RETROUVÉ TON FRANGIN INCONSCIENT DANS LA NEIGE ET
QUOI ?
ÇA ME TOUCHE BEAUCOUP, QUE VOUS VOUS INQUIÉTIEZ POUR MOI. J'AI EU UN PETIT COUP DE MOU, HIER. MAIS JE NE VAIS PAS SI MAL QUE ÇA, MERDE !
AH BON ?
FAUDRAIT SAVOIR...
ENFIN, JE VEUX DIRE... JE PEUX ME DÉBROUILLER TOUT SEUL...
C'EST PAS CE QUE J'AI VU HIER...
ÇA VEUT DIRE QUE JE VIENS DE FAIRE QUATRE CENTS BORNES POUR RIEN ?
J'AI ESSAYÉ DE T'APPELER HIER SOIR.
HEU... JE DORMAIS...
À 20 HEURES ?
BORDEL, MAIS QU'EST-CE QUI SE PASSE ICI ?

SUR LA TABLE, C'EST DES PAPIERS À SIGNER POUR LA VENTE DE L'APPART DES PARENTS.
JE SERAI PAS VENU POUR RIEN.
QUAND MÊME... J'IMAGINAIS PAS QU'ON POUVAIT VENDRE UN LOGEMENT À UN PRIX AUSSI RIDICULE...
IL Y A PAS UNE LOI POUR ÇA ?
SI.
LA LOI DE L'OFFRE ET DE LA DEMANDE.
ELLE A AUSSI COURS SUR LE MARCHÉ DU TRAVAIL.
SUPER...
OUI. TOI, TU LE DÉCOUVRES À CINQUANTE BALAIS.
JE DÉCOUVRE PAS MAL DE CHOSES À CINQUANTE BALAIS.
C'EST BIEN. AVEC TES ALLOCATIONS CHÔMAGE ET TES VENTES IMMOBILIÈRES, TU VAS LE TEMPS DE SAVOURER TES ÉTATS D'ÂME...
T'AS AUCUNE IDÉE DE CE QUE JE TRAVERSE, CONNARD.
HAHAHA ! J'AVAIS OUBLIÉ CE TRUC !
FAIS VOIR.
C'EST QUOI ?

ŒUVRE DES PARENTS !
TOUTE LA SALLE DE BAINS ÉTAIT DÉCORÉE DANS CES TONS ROUGES, ROSES ET DORÉS... ÇA INCLUT LA PETITE POUBELLE, LA BOÎTE À COTON...
ET CE SOMPTUEUX PORTE-PQ.
CE TRUC ÉTAIT RACCORD AVEC LE COSTUME TROIS PIÈCES ET LA CHEMISE À JABOT QUE MAMAN M'AVAIT FAIT PORTER POUR LE MARIAGE DE SA SOEUR EN 1970 !
VOILÀ CE QUI ARRIVE QUAND LES OUVRIERS GRAVISSENT UN BARREAU DE L'ÉCHELLE SOCIALE ET TENTENT D'ADOPTER LES GOÛTS DOUTEUX DE LA BOURGEOISIE.
HAHA ! ET LÀ ! LES BOUCHONS !
NOTRE PÈRE NOTAIT SUR LES BOUCHONS DE CHAMPAGNE À QUELLE OCCASION LES BOUTEILLES AVAIENT ÉTÉ OUVERTES...
« COMMUNION NICOLAS. 2 JUILLET 1979 »...
TIENS. C'EST À TOI !
AÏE !
TOUT ÇA, C'EST UNE VIE.
TOUT ÇA, C'EST BON POUR LA POUBELLE.
SÛR ?
NOS PARENTS NOUS ONT TOUJOURS RACONTÉ QUE, DÈS LEUR RENCONTRE, ILS AVAIENT DÉCIDÉ D'AVOIR DEUX ENFANTS.
AVANT YVAN, ILS ONT EU UN BÉBÉ MORT-NÉ...
AH BON ?
DONC VOILÀ : YVAN REMPLACE LE MORT.
ET MOI, JE N'AURAIS PAS DÛ NAÎTRE.
ON LE SAIT DEPUIS L'ENFANCE.
ON FAIT AVEC.
TU M'AVAIS JAMAIS RACONTÉ ÇA, YVAN !
EH OUAIS...
... MÊME À SES MEILLEURS COPAINS, ON DIT JAMAIS TOUT.

J'AI DE LA ROUTE DEMAIN. JE VAIS ME COUCHER.
HOULÀ OUI, IL EST TARD ! JE ME LÈVE AUSSI DEMAIN MATIN. JE VOUS LAISSE, LES FRANGINS...
TU VAS RÉUSSIR À DORMIR, LÀ-DESSUS ?
T'INQUIÈTE PAS POUR MOI.
ÇA VA, TES MÔMES, SINON ?
OUI, JE CROIS.
TU DOIS ÊTRE CONTENT, POUR MARTIN !
HEU OUI... TU PARLES DE QUOI, LÀ ?
IL T'A PAS DIT ? IL A PRIS DU GALON. IL EST PASSÉ NUMÉRO TROIS DE SA START-UP, OU UN TRUC COMME ÇA...
IL A LES DENTS LONGUES, LE CANADIEN. IL IRA LOIN.
ET POURQUOI IL T'EN A PARLÉ À TOI, ET PAS À MOI ?
VA SAVOIR ... DORS BIEN, GROS.

Si un jour j'ai du pognon, moi aussi je ferai une dépression, pour voir.
Je fais PAS une dépression, ok ?!
Les Français sont des cons.
Sans déconner, p'pa... votre code du travail, vos grèves... c'est vraiment un vieux pays. Et ne me dis pas que je suis de droite, tu sais que c'est pas vrai !
D'ailleurs droite ou gauche, on s'en fout. Ce qui compte, c'est de pouvoir se réaliser. C'est pour ça que le Canada me plaît. Autant te dire que je suis pas près de rentrer !

LA FRANCE EST EN TRAIN DE CHANGER, MARTIN. D'ICI PEU, ELLE CONVIENDRA AUX MECS COMME TOI.
HEY? C'EST QUOI, DANS TA TÊTE, DES "MECS COMME MOI"?
SI TU RENTRAIS, TU POURRAIS FAIRE DES AFFAIRES AVEC TON POTE ADRIEN. IL A L'AIR DE BIEN SE DÉBROUILLER.
ET TOI? TU T'EMMERDES PAS TROP, DANS LES SAPINS?
MOI? ÇA VA SUPER BIEN.
SI TU AS BESOIN DE FRIC, JE PEUX
ÇA VA PAS NON?!
TON FRANGIN A PAS FAIT TANT DE MANIÈRES.
QUOI?
TU... TU AS PRÊTÉ DE L'ARGENT À NICOLAS?
DONNÉ.
ALLÔ, P'PA?
T'ES LÀ?
JE VAIS RACCROCHER. J'AI DU BOULOT.
HEU... UNE DERNIÈRE CHOSE: DANS CE QUE J'AI RAMENÉ DE CHEZ NOUS, IL Y A DES JOUETS À VOUS... TU VEUX EN GARDER CERTAINS?
NON. RIEN À FOUTRE.
D'ACCORD. JE VERRAI ÇA AVEC TA SOEUR.
SEE YOU LATER, DAD.
SALUT, FISTON.

BR87
SALUT, YVAN, C'EST MOI !
SALUT, MA FLO ! TU ES POSÉE À PARIS ?
DANS LE T.G.V. POUR LYON. MON CONGRÈS COMMENCE DEMAIN !
PAS TROP JET-LAGUÉE ?
MON BOSS VIENT DE ME PROPOSER UN POSTE EN FRANCE POUR L'ANNÉE PROCHAINE ! ÇA ME TIENT ÉVEILLÉE !
HEY ? CE SERAIT VACHEMENT BIEN !
OUI HEIN ? ET J'AI UN PEU DE TEMPS AVANT DE REPARTIR À TAÏWAN.
BOUGE PAS. JE SAUTE DANS UN TRAIN !
J'AI ENVIE DE FROID ET DE NEIGE. C'EST MOI QUI VIENS, D'ACCORD ? JE SERAI À LA GARE DE SAINT-LAURENT APRÈS-DEMAIN. ON PARLERA DE TOUT ÇA, ET DU RESTE.
BONJOUR !

JE VOUS OFFRE UN CAFÉ ?
ON BOIT PAS DE CAFÉ.
UNE BIÈRE ?
ON BOIT PAS DE BIÈRE.
BON.
JE N'INSISTE PAS.
JE VOUS VOIS PASSER TOUS LES DEUX DE TEMPS EN TEMPS ET JE ME DEMANDAIS SI...
ON MARCHE.
C'EST TOUT.
Y A PAS DE MAL À ÇA.
BIEN SÛR QUE NON...
ON MARCHE.
ON SERT À RIEN.
PAS TOUT À FAIT À RIEN ! L'AUTRE JOUR, VOUS AVEZ RETROUVÉ MES LUNETTES !
PRESQUE À RIEN.
TU T'ES LAISSÉ ALLER, MON GROS. IL Y A DU BOULOT...

SAINT-LAURENT
ALTITUDE 908M

ALORS ?
ALORS QUOI ?
ON COMMENCE PAR QUOI ?
VOUS ÊTES LÀ ?
SANDRA ! YVAN !
ON PASSE JUSTE TE FAIRE UN PETIT COUCOU !
C'EST BON DE VOUS REVOIR !
COMMENT TU VAS ?
ON N'EST PAS LONGTEMPS, HEIN !
ELLE NON PLUS. ELLE REPART DEMAIN MIDI.
ÇA FAISAIT LONGTEMPS, HEIN ?
LA FAUTE À QUI ?
C'EST COMMENT, TAÏWAN ?
C'EST LOIN.
ET VOUS, ÇA VA ? MON ERMITE NE VOUS ENCOMBRE PAS TROP ?
ON EN PREND SOIN.
ON L'EMMÈNE AU BISTROT, ON LUI FAIT RENCONTRER DU MONDE...
BON. TU AS L'AIR FATIGUÉ. ON VA VOUS LAISSER.
C'EST RIEN. JUSTE LA FATIGUE DU VOYAGE...
BON...
C'ÉTAIT SYMPA DE LES VOIR !
OUI...
TU AS FAIM ?
NON...
ON MONTE ?

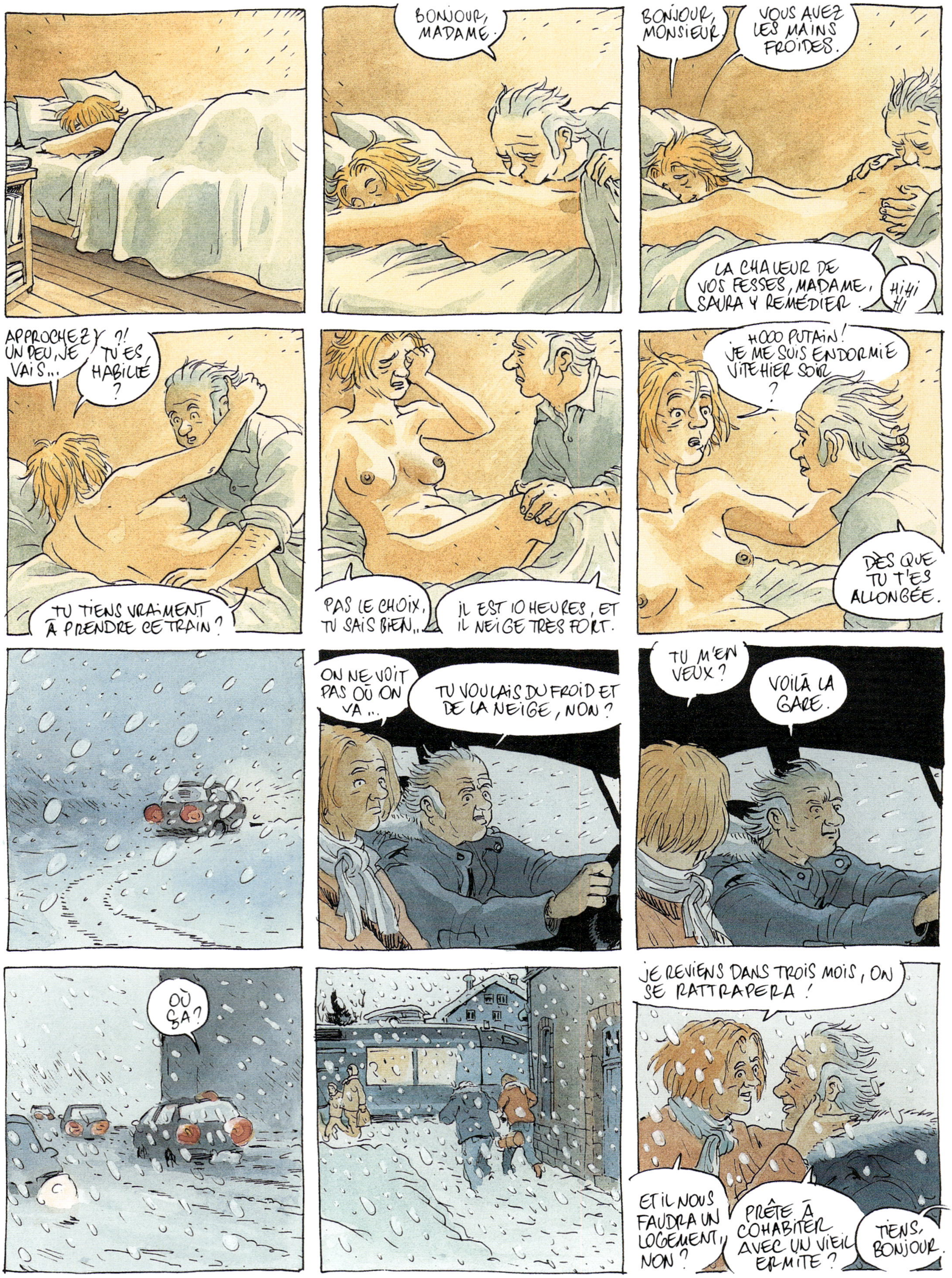
BONJOUR, MADAME.
BONJOUR, MONSIEUR.
VOUS AVEZ LES MAINS FROIDES.
LA CHALEUR DE VOS FESSES, MADAME, SAURA Y REMÉDIER.
HIHI HI
APPROCHEZ UN PEU, JE VAIS...
?! TU ES HABILLÉ ?
TU TIENS VRAIMENT À PRENDRE CE TRAIN ?
PAS LE CHOIX, TU SAIS BIEN...
IL EST 10 HEURES, ET IL NEIGE TRÈS FORT.
HOOO PUTAIN ! JE ME SUIS ENDORMIE VITE HIER SOIR ?
DÈS QUE TU T'ES ALLONGÉE.
ON NE VOIT PAS OÙ ON VA...
TU VOULAIS DU FROID ET DE LA NEIGE, NON ?
TU M'EN VEUX ?
VOILÀ LA GARE.
OÙ ÇA ?
JE REVIENS DANS TROIS MOIS, ON SE RATTRAPERA !
ET IL NOUS FAUDRA UN LOGEMENT, NON ?
PRÊTE À COHABITER AVEC UN VIEIL ERMITE ?
TIENS, BONJOUR.

BONJOUR...
FLORENCE, JE TE PRÉSENTE HEU...
JULIA.
JE SUIS UNE AMIE DE SANDRA ET THIERRY.
VOILÀ.
PAS DE PROBLÈME. ON NE S'EST VUS QUE DEUX FOIS.
BONJOUR.
ET VOILÀ BILLY, QUE J'EMMÈNE PASSER LA JOURNÉE CHEZ SON PAPA. TU DIS BONJOUR?
'JOUR.
BONJOUR, BILLY.
ÇA Y EST? TU QUITTES LA RÉGION?
NON. J'ACCOMPAGNE FLORENCE, QUI REPART.
ON VA DONC VOYAGER ENSEMBLE?
PRESQUE. NOUS, ON EST EN SECONDE CLASSE. BON VOYAGE.
BON VOYAGE.
À TRÈS VITE. C'ÉTAIT COURT, MAIS C'ÉTAIT BIEN.
C'ÉTAIT BIEN, MAIS C'ÉTAIT COURT.
SOIS PRUDENT SUR LA ROUTE.
APPELLE-MOI AVANT TON DÉCOLLAGE.

Café

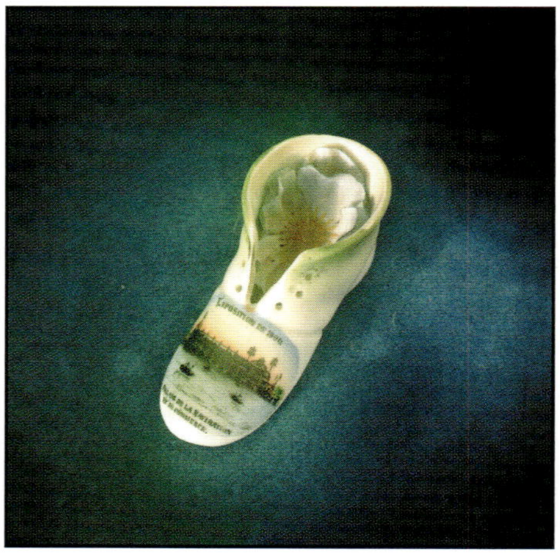

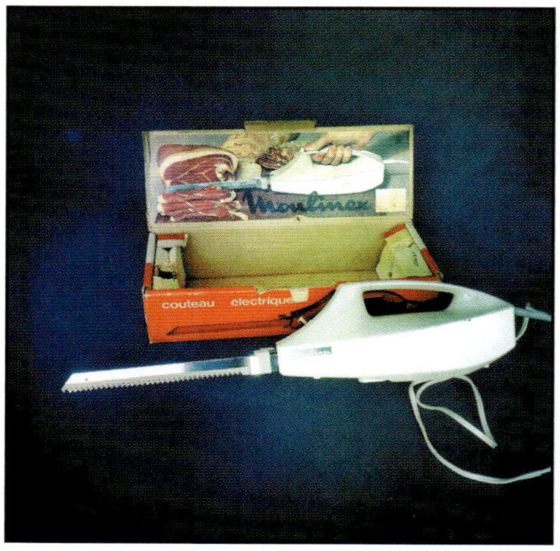
Moulinex
couteau électrique

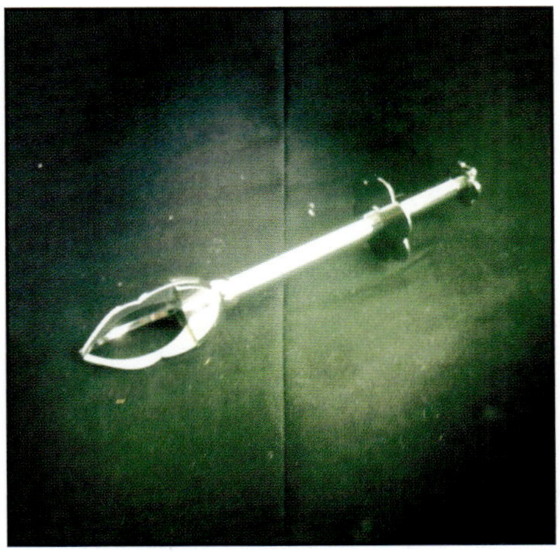

Trop de repos
n'a jamais
fait mourir
personne

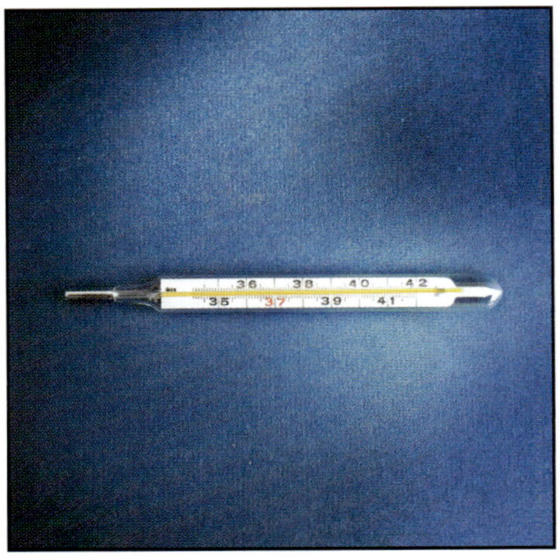
36 38 40 42
35 37 39 41

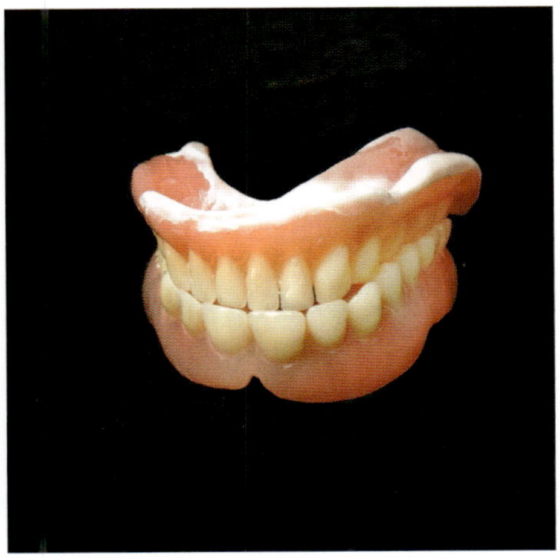

JE LES TROUVE ASSEZ ÉMOUVANTES, TES PHOTOS !...
... MAIS BON, LE DENTIER, ÇA ME GÊNE UN PEU. C'EST UN BOUT DE MAMIE, TOUT DE MÊME !
ALLONS, AUDE...!
... C'EST JUSTE UNE PROTHÈSE...
NON PAPA,...
...C'EST SON SOURIRE.
ÇA ME FAIT TRÈS PLAISIR, CETTE VISITE À L'IMPROVISTE !
JE REGRETTE JUSTE D'AVOIR MANQUÉ MAMAN DE SI PEU.
BON... COMMENT TU LE TROUVES ?
QUOI DONC ?
PIERO, BIEN SÛR !
DOMMAGE QU'IL N'AIT PAS VOULU VENIR SE BALADER AVEC NOUS.
C'EST PAS TROP SON TRUC, JE CROIS...

BIEN CONTENT D'AVOIR UN PEU MA FILLE POUR MOI TOUT SEUL !
ET MAMAN, ELLE VA BIEN ?
TRÈS BIEN. IL N'EST PAS IMPOSSIBLE QUE SA BOÎTE LUI PROPOSE UN POSTE EN FRANCE TRÈS BIENTÔT.
CE SERAIT SUPER ! VOUS ALLEZ VOUS INSTALLER ENSEMBLE ?
BONNE QUESTION ...
J'AI PLUS CINQ ANS, PAPA. TU PEUX ME PARLER COMME À UNE ADULTE.
J'AI EU TON FRANGIN AU TÉLÉPHONE. IL NE VEUT RIEN GARDER DES JOUETS DE VOTRE ENFANCE. JE SUPPOSE QUE C'EST SA FAÇON À LUI DE ME RAPPELER QU'IL EST ADULTE.
HA HA ! IL AIME BIEN JOUER AU DUR. TE LAISSE PAS IMPRESSIONNER !
J'AI FROID AUX PIEDS !
ON RENTRE !
TU AURAIS DÛ VENIR, C'ÉTAIT MAGNIFIQUE !
LA NEIGE, ÇA ME FAIT CHIER.
JE ME SUIS PERMIS, HEIN...
TU AS BIEN FAIT.
JE TE SERS UN VERRE ?
J'AI CAUSÉ UN PEU AVEC CE PIERO.
JE VEUX PAS T'EMMERDER AVEC ÇA.
MAIS MON OPINION EST FAITE : SOUS DES DEHORS STANDARDS DE PROGRESSISTE ALTERNATIF, C'EST UN PETIT PHALLOCRATE QUI SE PLANQUE.
JE ME DEMANDE CE QU'ELLE FOUT AVEC CE TYPE.
ILS ONT JETÉ UN OEIL À MES CAISSES. IL A PRIS UNE ESPÈCE DE SOUCOUPE VOLANTE EN LEGO, UN "FAUCON MILLENIUM" QUI APPARTENAIT À MARTIN...
BON, ELLE A L'AIR HEUREUSE. ELLE M'A MÊME DIT QUE CE SERAIT SANS DOUTE AVEC LUI QU'ELLE ME FERAIT DES PETITS-ENFANTS.

AH...
À BIENTÔT, LES GARÇONS !
SOYEZ PRUDENTS.
JE PRÉFÉRAIS QUAND C'ÉTAIT TOI.
SAMU 39
IL Y A UN PROBLÈME AVEC MARCEL ?
HEIN ?
SAMU 39
NON. MARCEL VA BIEN. MAIS SON MAÎTRE EST MORT.

VOUS LE CONNAISSIEZ, CE MEC ?
PAS PLUS QUE ÇA. ON LE VOYAIT PASSER AVEC SON CHIEN DEPUIS DES ANNÉES. IL NE FAISAIT RIEN D'AUTRE...
DRÔLE D'EXISTENCE. UN PEU VAINE.
ET PHOTOGRAPHIER UNE VIEILLE PINCE À SUCRE, C'EST PAS UN PEU VAIN ?
HOLÀ DOUCEMENT, LES AMIS. ÇA FAIT PARTIE DE L'ENTERREMENT DE MES PARENTS.
CE SONT MES DERNIÈRES PHOTOS AVANT LE GRAND MÉNAGE...
CES IMAGES, C'EST LA PETITE MÉMOIRE ORDINAIRE DE MA FAMILLE...
couteau
MA MÉMOIRE. CELLE DE MON FRANGIN...
CELLE DE MES ENFANTS AUSSI UN PEU...
Moulinex
couteau electrique
PEUT-ÊTRE MÊME CELLE D'AUTRES GENS DE CINQUANTE ANS, VA SAVOIR...
TU VAS EN FAIRE QUOI ? UN BOUQUIN ?
HAHA HA !
... ÇA INTÉRESSERAIT QUI ?
ON VA POUVOIR DÉGAGER TOUT CE BORDEL !
JE NE TE CACHE PAS QU'ON A LE PROJET DE LOUER CETTE MAISON PENDANT LES PROCHAINES VACANCES.
YVAN, ON PEUT ORGANISER UN VIDE-MAISON POUR TOUT ÇA. SI TU VEUX, JE M'EN OCCUPE.
MMH ...
OUAIS ...
VIDONS ...

ÇA VA ?

OUAIS... J'AI L'IMPRESSION D'ASSISTER À UN PILLAGE CONSENTI.
AU MOINS ÇA TE FAIT VOIR DU MONDE.
SALUT.
TIENS, SALUT.
JE SUIS JULIA, UNE AMIE DE...
OUI BON...
JE VAIS PRENDRE ÇA POUR MON FILS.
OH, MON LIVRE SUR LES OVNIS!
ET ÇA, C'EST QUOI ?
MON ENCYCLOPÉDIE "TOUT L'UNIVERS" ! TU ES TROP JEUNE...
POUR LES GENS DE MA GÉNÉRATION, C'ÉTAIT UN PEU L'ÉQUIVALENT DE GOOGLE.
20€
VINGT EUROS PAR TITRE ?
VINGT EUROS POUR L'ENSEMBLE. LE LIVRE, C'EST FOUTU.
Tout l'Univers
MAIS POUR TOI, C'EST CADEAU.
POURQUOI ? TU AS UN TRUC À TE FAIRE PARDONNER ?
PAS DU TOUT !
BON. TU VEUX BIEN LES METTRE DANS MA VOITURE ?
EH BIEN VOILÀ...
BON. TOUT N'EST PAS PARTI...
MAIS ÇA A BIEN DÉGAGÉ !
C'EST L'HEURE DES SOLDES, ON EN PROFITE !
3€
10€

IL LES VAUT VRAIMENT ?
PAS SÛR.
... C'EST UNE FIN DE SÉRIE, QUAND MÊME ...
ET IL A DÉJÀ PAS MAL SERVI.
TIENS, YVAN. JE TE LAISSE REMETTRE TOUT ÇA EN ORDRE...
MOI, JE VAIS RENTRER...
AU FAIT, JE NE T'AI PAS DIT :
L'AUTRE JOUR, DANS LE TRAIN, FLORENCE EST VENUE S'ASSEOIR À CÔTÉ DE MOI.
ON A BEAUCOUP PARLÉ.
DE VOUS, ENTRE AUTRES.
C'EST UNE AVENTURE ÉTRANGE, UN COUPLE, HEIN ? CE QUI LE CRÉE, CE QUI LE TIENT, CE QUI L'USE, CE QUI LE DÉFAIT...
À BIENTÔT, YVAN.
À BIENTÔT, JULIA...

JE VAIS PAS RESTER ICI INDÉFINIMENT.
TU TE SENS PRÊT ?
ON VERRA. C'EST QUAND MÊME UN MOMENT ASSEZ PARTICULIER DE LA VIE... ÇA TE FAIT PAS ÇA, À TOI ?
QU'EST-CE QUE TU CROIS ? LA CINQUANTAINE POUR LES FEMMES, C'EST PAS PLUS FACILE.
JE T'ADMIRE, SANDRA.
HEIN ?
LES FEMMES SONT PLUS FORTES QUE LES HOMMES.
AH NON, PITIÉ ! PAS CE CLICHÉ ÉCULÉ !
NON. C'EST VRAI.
ON SE PLAINT PEUT-ÊTRE MOINS.
YVAN, IL Y A SIX ANS, J'AI EU UN CANCER DU SEIN.
QUOI ?
J'AI LUTTÉ UN AN. SEUL THIERRY EST AU COURANT.
MAIS ENFIN ! POURQUOI VOUS NE NOUS AVEZ RIEN DIT ?
"MÊME À SES MEILLEURS COPAINS, ON DIT JAMAIS TOUT."
ÇA A ÉTÉ DUR ?
NON. ASSEZ AMUSANT. J'AI HÂTE DE REMETTRE ÇA SUR L'AUTRE SEIN.
PARDON... JE VOULAIS DIRE... TU ES TIRÉE D'AFFAIRE ?
AUTANT QU'ON PUISSE L'ÊTRE.
ÇA PROUVE BIEN QUE J'AVAIS RAISON.
À QUEL SUJET ?

VOUS ÊTES PLUS FORTES QUE NOUS.
EN TOUT CAS VOUS ÊTES PLUS CONS.
HA HA HA HA ! HA !
HA HA HA...
ALLEZ, ON REDESCEND.
VOILÀ. "REDESCENDRE". C'EST TOUT CE QUI NOUS RESTE.
JE CROYAIS QUE TU AVAIS CESSÉ DE GEINDRE...
TOI, TU AS ENCORE TES PARENTS, TON BOULOT ET TON COUPLE !
TES HISTOIRES DE COUPLE NE ME REGARDENT PAS. JE NE COMMENTE PAS.
DOMMAGE... VRAIMENT TOUT SE DIRE ENTRE VIEUX AMIS, CE SERAIT INSTRUCTIF, FINALEMENT.
JE VAIS Y PENSER.
IL EST PASSÉ OÙ, CE CON DE CHIEN ?
AUCUNE IDÉE. IL VIT SA VIE.

ON VA AVOIR ASSEZ DE VERRES ?
CE QUI M'INQUIÈTE LE PLUS ...
... C'EST LE NOMBRE DE BOUTEILLES.
HIHI HI !
JULIA ! N'ENCOURAGE PAS CET HUMOUR DE POIVROT !
MOI, JE NE BOIS JAMAIS DE VIN.
AH BON ? POURQUOI ?
PAS ENVIE. ÇA T'EMBÊTE ?
NON. C'EST MÊME UNE BONNE NOUVELLE POUR NOUS.
JE TE METS QUAND MÊME UNE ASSIETTE ?
JE SUIS TRÈS GOURMANDE.
ALORS JE...
QU'EST-CE QUE VOUS FAITES ?
VOUS DRESSEZ DÉJÀ LA TABLE ?
JE VOULAIS METTRE UNE NAPPE.
UNE NAPPE POUR RECEVOIR LES COPAINS ?
FAIS GAFFE, MA VIEILLE SANDRA, TU ES EN TRAIN DE T'EMBOURGEOISER !
SALUT, AUDE ! TU T'ES PERDUE EN ROUTE ?
SALUT, P'PA. NON, DÉSOLÉE, C'EST PAS ÇA.

JE POURRAI PAS ÊTRE AVEC VOUS. J'AI PAS PU T'APPELER AVANT, CES CONS-LÀ M'AVAIENT PRIS MON TÉLÉPHONE.
HEIN? QUI ÇA?
LES FLICS. JE SORS DE GARDE À VUE. HIER SOIR, AVEC L'ASSO, ON BLOQUAIT LA PLATEFORME D'AMAZON DANS LE LOIRET. BON, CETTE FOIS, ON S'EST FAIT EMBARQUER.
TU M'EN VEUX?
NON SEULEMENT JE NE T'EN VEUX PAS, MAIS JE SUIS FIER DE TOI, MA FILLE.
OUF!
ON SE VERRA PLUS TARD. T'INQUIÈTE PAS!
OK. JE TE LAISSE. ILS N'ONT PAS ENCORE RELÂCHÉ PIERO, ON Y RETOURNE. AMUSEZ-VOUS BIEN! BISOUS!
BISOUS!
HAHA!
C'EST MA FILLE, ÇA!
TU PARLES! DE LA RACAILLE, OUI!
BON. C'EST PAS GRAVE. À PART MA FILLE ET SA MÈRE, TOUT LE MONDE SERA LÀ!
TU NE TE RENDS MÊME PAS COMPTE DE CE QUE TU DIS, IMBÉCILE!
HEIN?
TON LIVRET DE FAMILLE, TU L'AS VENDU AUSSI?
HOU PUTAIN...

...ET MARTIN, BIEN SÛR !
AH QUAND MÊME...
MAIS HEU... LUI, IL EST LOIN, C'EST PAS PAREIL...
MISÈRE...
IL SE DÉBROUILLE TRÈS BIEN SANS MOI, MARTIN.
ON N'A PAS LA MÊME FAÇON DE VOIR LES CHOSES. ET ON N'A PLUS GRAND-CHOSE À SE DIRE.
JE SAIS PAS...
CHANGER DE FEMME, C'EST FAISABLE. POUR CE QUI CONCERNE NOS ENFANTS, C'EST PLUS COMPLIQUÉ, YVAN.
C'EST L'HEURE D'ALLUMER LE BARBECUE.
JE VAIS LUI ENVOYER UN MESSAGE POUR LUI DIRE QU'ON PENSE À LUI...
BONNE IDÉE.
JE FAIS ÇA DÈS QUE LE FEU A DÉMARRÉ.
QUI C'EST, CELUI-LÀ ?
C'EST MOI QUI AI PRIS CETTE INITIATIVE, YVAN.
QUOI DONC ?

BONJOUR, YVAN.
VALÉRIE ?
J'AI PAS TROP CHANGÉ, ALORS ?
PARDON, MAIS... HEU... QU'EST-CE QUE TU FAIS LÀ ?
SOUVIENS-TOI. VALÉRIE ET MOI ÉTIONS AMIES AVANT L'ANNIVERSAIRE DE SON PÈRE OÙ NOUS NOUS SOMMES TOUS RENCONTRÉS. ELLE ET MOI SOMMES RESTÉES EN CONTACT, APRÈS VOTRE ESCAPADE ESTIVALE.
ÇA, JE NE LE SAVAIS PAS.
ON S'EMBRASSE ?

BIEN SÛR QU'ON S'EMBRASSE.
TU N'AS PAS TROP CHANGÉ NON PLUS...
TU T'ES UN PEU DÉPLUMÉ, QUAND MÊME...
... DONC VOILÀ. PUIS, IL Y A HUIT ANS, J'AI PRIS EN CHARGE LES RELATIONS HUMAINES DE LA BOÎTE...
... C'EST UN JOB QUE J'AIME BEAUCOUP.
TU AS DES ENFANTS ?
NON... ÇA M'A MANQUÉ, PARFOIS. MAIS MAINTENANT, ÇA VA.
ET HEU... COMMENT DIRE ? ...
TU AS DES NOUVELLES DU GARS AVEC QUI TU ALLAIS TE MARIER, LOUIS-LÉOPOLD ?
YVAN N'EST PAS AU COURANT.
AU COURANT DE QUOI ?

EH BIEN HEU...
YVAN, LOUIS-LÉOPOLD S'EST SUICIDÉ TROIS JOURS APRÈS QUE VOUS AVEZ PRIS LA ROUTE TOUS LES DEUX CET ÉTÉ-LÀ.
QUOI ?
JE NE L'AI APPRIS QU'À MON RETOUR DANS MA FAMILLE...
ET NOUS, QUE QUELQUES ANNÉES PLUS TARD QUAND SANDRA A REPRIS CONTACT AVEC VALÉRIE...
"NOUS" ?
QUI ÇA "NOUS" ?
NOUS TOUS. LA BANDE. TES AMIS. ... SAUF FLORENCE.
QUOI ?
VOUS LE SAVEZ DEPUIS TRENTE ANS ?!
QUAND SANDRA L'A APPRIS PAR VALÉRIE, ON EN A PAS MAL PARLÉ ENTRE NOUS. ET ON A DÉCIDÉ DE T'ÉPARGNER ÇA.
... ÇA T'AURAIT SERVI À QUOI DE VIVRE AVEC CE POIDS ?
VOUS ME FAITES MARCHER, LÀ ?
YVAN ! S'IL TE PLAÎT...
ÇA A DÛ ÊTRE TERRIBLE, POUR TOI...
CE QUI EST CERTAIN, C'EST QUE TA RENCONTRE A FAIT BRUTALEMENT DÉVIER MA VIE.
QUANT À SAVOIR CE QU'ELLE AURAIT ÉTÉ SANS ÇA, C'EST UNE AUTRE HISTOIRE.
JE SUIS DÉSOLÉ, VALÉRIE...
POURQUOI "DÉSOLÉ" ? TU SAIS, JE MÈNE UNE EXISTENCE AGRÉABLE, ET JE N'AI À ME PLAINDRE DE RIEN.
BON...
ET PUIS, CET ÉTÉ-LÀ, J'AI APPRIS ET COMPRIS PAL MAL DE CHOSES DANS DIFFÉRENTS DOMAINES...

C'EST VRAI QU'ON S'EST BIEN AMUSÉS !
QUEL ÉTÉ !
BON, C'EST VRAI QUE JE T'EN AI VOULU LONGTEMPS. PUIS LE TEMPS A PASSÉ. J'AI EU D'AUTRES BELLES HISTOIRES.
ON M'A QUITTÉE, J'AI QUITTÉ...
ON A TUÉ QUELQU'UN, NON ?
BONNE QUESTION...
NON.
PARDON, MAIS J'AI ÉCOUTÉ VOTRE HISTOIRE...
JE NE VOIS QUE DES GENS QUI SE CROISENT ET QUI PASSENT DU TEMPS ENSEMBLE...
QUELQUES MOIS, QUELQUES ANNÉES, UNE VIE...
ON FAIT COMME ON PEUT, YVAN.
PEUT-ÊTRE.
EN TOUT CAS, CÔTOYER DES QUINQUAGÉNAIRES, C'EST VACHEMENT INSTRUCTIF !
HÉHÉ...
NOS VIES NE FONT QUE DÉVIER, YVAN. LES LIGNES DROITES N'EXISTENT PAS.
C'EST CURIEUX... JE NE SAIS PAS SI JE DOIS VOUS REMERCIER.
MOI NON PLUS, JE NE SAIS PAS.
ÉCOUTEZ !
UNE VOITURE !
C'EST SANS DOUTE EUX !
EH OUI !
CHRISTOPHE, ÉTIENNE, JOUB ! ON EST LÀ !

Â : AUDE
OBJET : RETARDER LA FONTE DES NEIGES

SALUT MA FILLE. JE SUIS À ROISSY. ÇA N'ÉTAIT PAS PRÉVU, MAIS TOUT VA BIEN.

JE PARS POUR TORONTO.
J'AURAIS VRAIMENT AIMÉ QUE TU M'ACCOMPAGNES, MAIS JE NE TE L'AI PAS PROPOSÉ. JE SAIS QUE TU BOYCOTTES L'AVION DEPUIS QUE TU AS DÉCOUVERT L'EXPRESSION "BILAN CARBONE".
JE N'INSISTE PAS. TU AS FONDAMENTALEMENT RAISON, ET JE DEVINE QUE JE TE DÉÇOIS UN PEU.
DÉCEVOIR SES ENFANTS, C'EST QUELQUE CHOSE QUI ARRIVE À TOUS LES PÈRES À UN MOMENT OU UN AUTRE. CETTE PARTIE-LÀ DU JOB, AU MOINS, JE L'AURAI ASSURÉE.
JE VAIS DONC RENDRE VISITE À TON FRANGIN. JE NE L'AI PAS PRÉVENU. IL AURAIT ÉTÉ CAPABLE DE ME RÉPONDRE QU'IL N'A PAS LE TEMPS. J'IMAGINE QUE CE GENRE DE MECS N'A JAMAIS "LE TEMPS". MAIS VOILÀ, LE TEMPS, LA DISTANCE, CE SONT DES CHOSES QUI NOUS IMPOSENT LEUR LOI SI ON LES LAISSE FAIRE.
C'EST MON FILS.
ON VERRA BIEN.
PARDON POUR LE CARBONE.
MON SÉJOUR DANS LE JURA S'ACHÈVE DONC AUJOURD'HUI. ÇA AURA ÉTÉ UNE SORTE DE SAS DANS MA VIE. UN PASSAGE. VERS QUOI ? AUCUNE IDÉE. UTILE ? JE NE SAIS PAS. CE QUE JE SAIS, C'EST QUE TOUT RESTE À FAIRE.
LÀ-BAS, J'AI BEAUCOUP MARCHÉ DANS LA POUDREUSE (J'AI DÛ PERDRE 5 KG) ET JE ME SUIS POSÉ PAS MAL DE QUESTIONS SUR CETTE PREMIÈRE PARTIE DE MA VIE.
AIR CANADA
ET PUIS, LA SEMAINE DERNIÈRE, J'AI APPRIS UNE HISTOIRE ÉTRANGE, QUI ME CONCERNE.

UNE HISTOIRE CRUELLE ET UN PEU VERTIGINEUSE.
POURTANT, ELLE M'A PRESQUE RÉCONCILIÉ AVEC L'IDÉE DE VIEILLIR.
J'AI BIEN DIT "PRESQUE".
C'EST UNE HISTOIRE QUE JE NE PEUX PAS TE RACONTER DANS UN MAIL NI MÊME AU TÉLÉPHONE. JE VIENDRAI TE VOIR DÈS MON RETOUR. JE NE SAIS PAS ENCORE QUAND.
DÉSOLÉ POUR LE SUSPENSE.
VA SAVOIR. C'EST PEUT-ÊTRE À ÇA QUE SERVENT LES HISTOIRES :
NOUS AIDER À VIVRE.
AIR CANADA
J'AI REGARDÉ LA MÉTÉO DE TORONTO. LA NEIGE N'A PAS COMMENCÉ À FONDRE.
PAS GRAVE. MARCHER DANS LA POUDREUSE SANS RAQUETTES, JE SAIS FAIRE.
JE T'EMBRASSE.
ET JE T'AIME.
TON (VIEUX) PÈRE
PFFF... C'EST À CHAQUE FOIS PAREIL !
PARDON ?

VOUS VOYEZ PAS ? ON TOURNE EN ROND. ON FAIT DES BOUCLES. ÇA VEUT DIRE QUE L'AÉROPORT EST ENCOMBRÉ ET QU'ON VA ENCORE PRENDRE DU RETARD.
TU SAIS QUOI ?
J'AI CINQUANTE ANS. ET JE VIENS DE PERDRE MA MÈRE, MON PÈRE, ET MON BOULOT.
HEIN ? MAIS HEU...
POURQUOI VOUS ME RACONTEZ ÇA ?
ON EST VIVANTS, MEC ! JE SAIS PAS À QUOI ÇA SERT, MAIS ON EST VIVANTS !
AIR CANADA

ÇA VA PAS SI MAL.

Nous remercions Nicolas Hermenier pour la bienveillance avec laquelle il a accompagné le projet de ce livre dès le début.
Merci à Nicole et Jean-Pierre Le Grand de nous en avoir prêté le décor.
Merci aussi et surtout à Françoise Roy, Béatrice Massiet et Agnès Grégoire sans qui tout ça serait moins bien.

Des mêmes auteurs

Étienne Davodeau

Aux Éditions Futuropolis
L'Avancée des travaux
Cher pays de notre enfance
avec Benoît Collombat
Les Ignorants
Rupestres !
avec Emmanuel Guibert, Marc-Antoine Mathieu, David Prudhomme, Pascal Rabaté et Troubs
Lulu Femme Nue
Un homme est mort
avec Kris

Éditions Futuropolis-Louvre Éditions
Le Chien qui louche

Aux Éditions La Revue Dessinée – La Découverte
La Balade nationale
avec Sylvain Venayre

Aux Éditions Charrette
La Gagne
avec Jean-Luc Simon

Aux Éditions Dargaud
Le Constat
Les Amis de Saltiel

Aux Éditions Delcourt
Les Mauvaises Gens
Quelques jours avec un menteur
Rural !
Ceux qui t'aiment
Anticyclone
La Gloire d'Albert
Le Réflexe de survie
La Tour des miracles
avec David Prudhomme, d'après Georges Brassens

Aux Éditions Dupuis
Chute de vélo

Aux Éditions Les Rêveurs
L'Atelier

Joub

Aux Éditions Vide Cocagne
Traits intimes

Aux Éditions Dupuis
Dans l'atelier de Fournier
avec Nicoby
Manuel de la jungle
avec Nicoby

Aux Éditions Drugstore
Mes années bêtes et méchantes
avec Nicoby

Aux Éditions Plume Verte
Les Jeunes Aventuriers *(2 tomes)*
avec Nicoby et Olivier Copin

Étienne Davodeau et Joub

Aux Éditions Dupuis
Geronimo

Aux Éditions Vents d'ouest
Il s'appelait Geronimo

Aux Éditions Delcourt
Max & Zoé

www.futuropolis.com
www.etiennedavodeau.com

Éditeur : Claude Gendrot, pour Futuropolis.
Conception et réalisation graphique : Didier Gonord, pour Futuropolis.
Photogravure : Sphinx.

Cet ouvrage a été imprimé en septembre 2019, sur du papier Condat Matt Périgord 135g, chez Pollina - 90334, Zone industrielle de Chasnais, 85407 Luçon Cedex, France.

© Futuropolis, 2019.
Droits de traduction, de reproduction et d'adaptation réservés pour tous pays.

Dépôt légal : octobre 2019.
ISBN : 978-2-7548-2553-5
Numéro d'édition : 336321
F00117